U0790702

长寿的代价

我和六位老人共处的一年

HAPPINESS IS
A CHOICE YOU MAKE

Lessons from A Year Among the Oldest Old

[美]约翰·利兰(John Leland) 著 / 葛雪蕾 译

中信出版集团 | 北京

图书在版编目（CIP）数据

长寿的代价 /（美）约翰 · 利兰著；葛雪蕾译. --
北京：中信出版社，2020.9（2023.12重印）
书名原文：Happiness Is a Choice You Make
ISBN 978-7-5217-1732-7

Ⅰ. ①长… Ⅱ. ①约… ②葛… Ⅲ. ①纪实文学-美
国-现代 Ⅳ. ①I712.55

中国版本图书馆CIP数据核字（2020）第048658号

Copyright © 2018 by John Leland
Published in arrangement with The Fielding Agency, LLC, through The
Grayhawk Agency Ltd.
Simplified Chinese translation copyright © 2020 by CITIC Press Corporation
ALL RIGHTS RESERVED

本书仅限中国大陆地区发行销售

长寿的代价

著　　者：[美] 约翰 · 利兰
译　　者：葛雪蕾
出版发行：中信出版集团股份有限公司
（北京市朝阳区东三环北路27号嘉铭中心　邮编　100020）
承 印 者：北京通州皇家印刷厂

开　　本：880mm × 1230mm　1/32　　印　　张：8.75　　字　　数：164千字
版　　次：2020年9月第1版　　印　　次：2023年12月第6次印刷
京权图字：01-2019-6017
书　　号：ISBN 978-7-5217-1732-7
定　　价：49.80元

版权所有 · 侵权必究
如有印刷、装订问题，本公司负责调换。
服务热线：400-600-8099
投稿邮箱：author@citicpub.com

怀着爱和感激，献给我的母亲

变老是个不寻常的过程，

你就此成为一直以来应该成为的人。

——大卫·鲍伊，摇滚歌手

目录

第二部分　经验

第一部分

代价

弗雷德里克·琼斯，87 岁，“二战”老兵，退休公务员，生性风流，但心脏衰弱

约翰·索伦森，91 岁，伴侣去世后，独自在曼哈顿上西区生活了 6 年

鲁思·维利希，91 岁，一直生活在布鲁克林有生活辅助设备的机构

黄萍，80 岁，来自中国香港，充分享受了社会福利保障，最大爱好是打麻将

海伦·摩西，90 岁，不顾女儿的反对，在养老院找到了自己的第二个挚爱

乔纳斯·梅卡斯，92 岁，电影人，作家，有着 30 岁年轻人的充沛精力和急脾气

Lessons
from a Year
Among
the Oldest Old

第一章

所有人都失去了点什么

我从2015年开始做一个题为“年过85岁”的系列报道，跟踪采访六位纽约老人。有些人还在工作，有些人足不出户。所有人都失去了点什么：行动能力、视力、听力、配偶、子女、同伴、记忆。但很少有人失去一切。

我想知道，从起床的那一刻直到就寝，他们是怎样度过一天的，他们对明天有什么期望？他们怎样应对服药问题、子女和不断变化的身体状态？他们丧失能力的速度像昔日获得能力一样快。有没有这样一道门槛，跨过去之后，人生的价值就逐一丢失？

“你知道自己老了以后想做什么吗？”

“你知道自己老了以后想做什么吗？”

在回答了一年的提问之后，约翰·索伦森提出了自己的问题。我们正在他位于曼哈顿上西区的公寓厨房里。他已经在那里生活了48年，6年前他的伴侣去世后，便一直独自生活。

他身边是他早年绘制的以树木为主题的壁画，枝杈伸展到了天花板上。感恩节临近，这是一年中约翰最喜欢的日子。每年的这一天，他都会离开公寓，去和朋友们聚会。但今年，他觉得自己的身体状况已经不适合去聚会了。

厨房和我上次以及上上次来探望时一模一样，约翰刻意保持每样东西都不随意改变位置。因为他的视力越来越差，他担心如果哪样东西挪了地方，他就找不到了。他正准备用冰箱旁边的小电视和录像机观看《七对佳偶》(*Seven Brides for Seven*

Brothers）[1]，这部片子总能让他高兴起来。他对剧情了如指掌，根本不需要看屏幕。

我们正在聊约翰的生活中给他带来乐趣的东西。这需要一点鼓励，因为约翰总是从阴暗面开始说起。我每次探望他时，他都说自己想死。不过，一旦他开了头，心情便总会好起来。他深情地说："我最近放了《帕西法尔》的第二幕，是乔纳斯·考夫曼演唱的。他是我听过的音色最漂亮的男高音。他长得可真英俊。我第一次看到他是在沃尔特去世以后。他在唱歌，天哪，他真棒。"

约翰 91 岁了，是我从 2015 年年初就开始定期探望的六位陌生人之一，这些人意外地改变了我的生活。我敢肯定，他们当中没有人想过自己会对我有这样的作用。我认识他们的时候正在为一家报纸做一个题为"年过 85 岁"的系列报道。为了做报道，我计划在一年时间里跟踪采访六位纽约老人。

如同所有的报道一样，首先要物色人选。我通过家庭陪护机构或者他们的个人网页，约他们在老年中心和养老院见面。他们有些还在工作，有些足不出户。我见到了忠贞不渝的共产主义者、麻将爱好者、大屠杀幸存者、持续创作的艺术家，以及仍在组织下午茶舞会的 96 岁金属工人。所有人都失去了些东西：行动能

---

1 本片是好莱坞经典歌舞片之一，也是导演斯坦利最具代表性的作品之一。剧情描述西部牧场有七兄弟，老大霍华德·基尔看中了珍·鲍慧儿，有意跟这位理想伴侣成家立室。但准新娘发现蜜月别墅竟要跟七名大汉共享，遂心生一计为这些不修边幅的兄弟改变形象，并找了六名美女跟他们配对，于是发展成七对佳偶。——编者注

力、视力、听力、配偶、子女、同伴、记忆，但很少有人失去所有。这个群体的人数在美国增长迅速，如今已多到有了自己的名称：最老的老人。

我也失去了一些东西。我的婚姻在维持将近30年后破裂，我人生中第一次独自生活。现在我55岁，有了新女友，也有了关于我在这个世界上所处位置的新疑问：关于年龄，关于爱和性，关于为父之道，关于工作和满足感。

我还承担了照顾86岁母亲的重任。我父亲去世后，她从新泽西州的牧场住宅搬到了下曼哈顿一座供老年人居住的公寓楼里。我的这项职责履行得并不好。我尽量每隔几个星期陪她吃一次晚饭，偶尔晚上陪她去看急诊。我假装没注意到她可能有更多需求（我告诉自己，最好尊重她的独立性），她也在假装若无其事。我们都没有为我们即将携手闯入的这个人生阶段做好准备。86岁高龄的她不知道活着的意义何在，而我则不知道该如何施以援手，但这是我们无法逃避的困境。

这个系列报道中我最早采访的几个人里有一位名叫琼·戈德伯格的女士。她101岁了，曾是绘儿乐（Crayola）公司[1]的秘书。谈话伊始，她高声叫道："给我来一杯金酒！"然后她一边喝酒，一边给我讲了一个负心汉的故事。那是70年前的事了。但对她

1 美国一家生产儿童教育用品的公司。——编者注

来说仍然如在眼前。她以前住在自己的公寓里，直到 100 岁的时候接连摔倒好几次，她觉得自己独自生活已经不安全了，才坐着轮椅住进养老院。在完美的第一次会面后，她因为身体不适而要求推迟我们的第二次访谈。然而等到重新约定的会面日期到来时，她已经不在人世。无论她为活到 101 岁制订了什么样的计划（我想这是她对待人生的一种幽默态度，固执地拒绝臣服于命运，即便付出代价也在所不惜），也都随她而去了。

每个人都有故事可讲——关于“大萧条”时期的家庭生活，或者二战期间的性生活；关于参加民权运动，或者被父母告知他们不是“读大学的材料”。但我最感兴趣的是，从起床那一刻开始直到就寝，他们现在的生活怎么样，他们是如何度过一天的，他们对明天有什么期望？他们怎样应对服药问题、子女和不断变化的身体状态？他们的身体现在正沿着童年的轨迹逆行，丧失能力的速度就跟小时候获得能力的速度一样快。是否有这样一道门槛，当你跨过去之后，人生的价值就逐一丢失？

在这个问题上，他们之所以具备专家资格，完全是因为他们正在经历这一切。如同英国小说家佩内洛普·莱夫利 80 岁时所说的那样：“高龄的少数优势之一是你可以带着某种权威性谈论这个问题；你现在已亲身经历，知道这是怎么一回事……我们的经验对大多数人来说是未知的。我们是先行者。”

我跟他们碰头的地点包括他们的家里、看病的路上、医院、爵士俱乐部、酒吧和泽西海岸的海滨别墅。我见了他们的子女、情人、医生、家庭看护、朋友，甚至还有一位前地方检察官。他曾在很久以前判决一位老人犯有淫秽罪，如今想道歉。还有一次，一位老人突然消失不见，电话也打不通，我通过布鲁克林区的医院系统查找他的下落，发现他正因截去了两个脚趾在住院。我倾听他们的故事，也是在学习他们的经验。

我渐渐发现，意料之外的事情发生了。无论每次探望时的谈话多么沉重（有些日子甚至会变得相当病态），都比以往的任何工作更能令我精神抖擞。我料到那一年会给他们带来巨大的变化，但我没料到同时也会改变我。

这六个人同一时间成为我的长辈：热情、古怪、苛刻、健忘、风趣、睿智、啰唆，有时又消沉到不愿开口。他们责备我探望的次数不够多，给我吃巧克力，或者寄剪报给我看。我帮他们换灯泡，在以色列问题上满怀同情地点头附和，给他们讲述我与母亲的关系。他们令人敬佩，有时也会抱怨，为记住怎样吃药而想出了复杂但不实用的方法——只要治疗心脏病的白色小药片没有掉到地上就可以，药片太小了，他们的手指捏不住，掉到地上他们又看不见。

和他们在一起，我不再自以为了解生活。这是一种屈辱的体验，但也给人以力量。我不需要充当专家或批评者，去质疑他们告诉我的东西。相反，我让他们引领我走进他们的世界。

让我收获最大的，就是接受我的直觉并不认可的想法。我的直觉认为我知道 90 岁是怎么回事，但其实我并不知道，只要我不再一味地偏信直觉，学习过程就轻松多了。当专家很累人，当学生则可以放开自我，就像是在你光顾过的最好的餐馆里等待宴会开席。

如同所有出色的小说角色一样，每位老人都有所希求——尽管起初我不知道，但是我也一样。

他们的通讯录会出现一个个黑洞

我最终选择的六个人来自不同背景和社会阶层。我认识弗雷德里克·琼斯的时候，他 87 岁。他是“二战”老兵和退休公务员，生性风流，但心脏衰弱。这迫使他在前一年的相当一部分时间里待在医院或者康复中心。我们第一次见面，他就给我讲了他在一家百货商场勾搭上一个比他年轻 30 岁的女人的经过；他不记得是哪家商场了。弗雷德是个花花公子，尽管现在心有余而力不足，但还是本性难改。在他公寓里的老照片上，他穿着时髦的西装，蓄着浓密的唇髭，可我认识他时，他认为穿着矫形鞋去教堂太丢人了，所以大部分时间待在凌乱的公寓里。到他的公寓要爬 3 层楼梯，而他几乎爬不动。弗雷德对于什么是年老有着自己的想法。他向上帝祈祷，让他活到 110 岁，他从不怀疑自己能活到那个岁数。他说，他在每一天到来时都感谢太阳再次升起。当我问他生活中最幸福的是哪个阶段时，他没有丝毫犹豫地说："就是现在。"

他是第一个让我振作起来的人。

我认识海伦·摩西时，她 90 岁了。她不顾女儿的极力反对，在布朗克斯区的一家养老院找到了自己的第二个挚爱。我认识他们的时候，这段罗曼史已经持续了 6 年。

她凝视着住在走廊那头的豪伊·蔡默说："我爱豪伊。"

豪伊说："我也爱你。"他坐在她床边的轮椅上，握着她的手，"你是我生命中唯一想要的女人。我说的是真心话。"

她说："我听不见你在说什么，但最好是好话。"

在相爱 60 年的情人去世后，约翰·索伦森丧失了对生活的大部分兴趣。他的情人是位名叫沃尔特·卡伦的书商。约翰在我们第一次见面时说："你在我这里长不了多少见识。""我对好多东西都只是知道点皮毛。"我们聊歌剧和法尔岛（他的海滨别墅在 1960 年的售价是 1 万美元），聊他因为不能再做以前那些事而产生的挫败感。约翰心甘情愿地在沃尔特的身体每况愈下时照料他，但现在却无法原谅自己日渐衰弱的身体。他拒绝使用助行器或轮椅（他觉得这些东西很难看），所以他从不出门。他的指关节因痛风而肿胀，就像配错了的抽屉把手，而且差不多跟抽屉把手一样弯曲。不过，交谈总能让他振作起来，哪怕是谈论他求死的愿望。他每天锻炼身体，显然对自己的身体还能撑得住感到异常骄傲。他说：“亲爱的，我的身体比好多人都棒多了，我知道。不过，我受够了。我不是不快乐，但等到一切结束的时候，我会很开心。”

约翰说，死亡唯一的不足是“我没法活得足够长，为自己终于死了而高兴”。

89 岁的黄萍幸运地处在社会保障系统的最理想位置：她每个月付 200 美元租金，租住在格拉默西公园附近的一处福利房，有一位每星期上门工作 7 天、每天工作 7 小时的家庭看护，由医疗补助计划承担费用。她说，老龄不像工作或者照顾她丈夫那样充满压力，那些才是累死人的活。不过，她想念已故的丈夫和在中国去世的儿子。她说：“我尽量不去想不好的事情。老人总抱怨不是好事。”

相比之下，鲁思·维利希急于表达自己对生活的不满，但看到这些书面描述之后她又很不高兴——她认为自己不是那样。在那一年间，我逐渐明白鲁思的抱怨其实是在对生活施加影响，而不是被动地接受自己的境遇。我认识她之前不久，她被迫搬出了位于布鲁克林区帕克斯洛普的拥有昂贵生活辅助设备的居所，原因是业主决定卖掉房子，修建价格更高的共管公寓[1]。为了搬到那里去住，她放弃了汽车、隐私和按照自己的时间安排事情的自由。如今，她老了5岁，身体更不灵便了，却失去了那个家以及她在那里结交的朋友。91岁的她不得不在布鲁克林区更偏远的希普斯黑德地区另一家有生活辅助设备的机构重新开始。她生活在陌生人当中，住在不熟悉的社区，远离了此前离她最近的女儿。

有天上午她说："这里有人说我是个暴脾气老太太。她没说'老太太'，她说的是'暴脾气太太'，是我加了个'老'字。我不轻易认输，也许这是关键。我确实很倔。"

3月的一场雪覆盖了外面的街道，也就是说，她这一天又不能出去了。她说："我知道自己的情况。我91岁了，我告诉了所有人，我不怕这个。跟其他一些有严重残障的人相比（我有点为此感到骄傲），我的运气挺好。我尽量保持健康。我有时会琢磨自己会是怎么个死法，但我还是尽量通过读书看报让自己忙起来。尽量让自己快乐并没那么容易，但我希望自己能更快乐。"

92岁的电影人兼作家乔纳斯·梅卡斯有着30岁的年轻人的

1　"共管公寓"全名"共管式独立产权公寓"。实际是个人拥有单户产权的，整个物业由统一物业公司管理的集合型社区，与一般物业相比，共管公寓拥有更完善的生活配套和休闲娱乐设施，物业的拥有者都可以共享这些设施。——编者注充沛精力和急脾气。他还在制作电影、编纂回忆录和建立剪报库，为他的非营利组织筹集资金，并且在运营自己的网站。

一天，他发给我一首2005年创作的未发表的诗歌。

我终生忙于变得年轻
不，你没法说服我变老
我至死都是二十七岁

他的朋友们都比我年轻。他说，他根本没有减速，反而是在加速，因为现在他可以专注地实施自己的计划了。

他们是我那一年的六位老师。当然，他们在一天天走向死亡（我们都是），他们已经足够靠近终点，要思考的不光是死亡的事实，还有它所采取的形式。死亡不再抽象。他们会继续保持认知能力吗？他们最后的日子会拖拖拉拉吗？他们明天也许会摔倒，会髋骨骨折，会中风，他们的通讯录会出现一个黑洞。每当电话没人接听的时候，我就会担心。一年半里，他们中有两位去世了。

科技可以使更多人活到高龄

关于老年人的讨论往往专注于老龄那些非常实际的问题，比如身体机能和思维能力的退化，或者用于生命终期医疗的巨额费用。他们会格外关注一位了不起的老太太：她似乎完全拒绝变老，90 多岁了还在喝马提尼、跑马拉松。这种愿景对婴儿潮一代格外具有吸引力，它告诉你你也能掌握“成功变老”的秘诀。你要做的基本上就是延长后中年期——参加俱乐部、做志愿者、锻炼身体、坠入爱河、学意大利语、不要生病。我提到不要生病了吗？祝你好运，但愿能如你所愿。

如同绝大多数老人一样，和我相处的老人都不符合上述任何情况。他们的生活中有损失和缺陷，但他们没有被这些定义自己的生活，每天早上醒来时，他们所拥有的愿望和需求，并没有因为膝关节疼痛或没法像过去那样玩填字游戏而打折扣。年老不是在他们不注意的时候骤然降临的，它也不是个亟待解决的问题。它是人生的一个阶段，与其他任何阶段没有两样，在此期间，他们仍然在决定自己想要怎样的生活，仍在学着了解自己和这个世界。

直到不久前，经历这个阶段的人还相对较少，以健康状态进入这个阶段的人就更少。不过，现在情况发生了变化。活到 85 岁以上的人比人类历史上的任何时期都要多（在美国有将近 600 万 85 岁以上的人，与 1960 年的不到 100 万人相比大幅增加了），而且达到这个年龄之后，他们也会活得更久。也就是说，你的子女以为自己是先锋，但其实你的父母才是先锋。2018

年活到85岁的美国人在出生时的预期寿命不到60岁。这样就出现了很长的计划外时间，以及很多知道长寿是什么感觉的老人。

我们会对此感到担心，并不觉得活得久值得庆幸。我们是那么孤单、那么与世隔绝，拥有那么多皱纹。在电影里，美人永远都是年轻的，示爱的老人都是老色鬼。我们喜欢看到影视剧里的人物在完成任务时开车消失在夕阳里。如果塞尔玛和露易丝没有开车冲下悬崖[1]，而是变老，在丹佛的闹市区开设辅导课程，有时找个男伴，跟家庭看护大吵大闹，那会更刺激吧？但是，老人们不会开口讲这种故事。梅·萨藤在61岁时发表了小说《眼前的我们》。正如她在书中写的那样："烦恼在于，不身临其境，便不会知道其实老龄是乏味的。那是个陌生国度，有着年轻人乃至中年人并不通晓的语言。"此言出自一位61岁的人之口，算是相当有见地了。

想想我们是如何称呼老人的：宝贝，亲爱的，好姑娘，年轻人。听着挺讨人喜欢的吧？约翰逊夫人，你今天怎么样啊？92岁的年轻人？你太贴心了。聪明的老人能像青少年一样使用Instagram（照片墙）。在人类历史的大部分时间里，社会都会向最年长的成

1 出自1991年在美国上映的电影《塞尔玛与露易丝》，表现了两位普通女性在男性的压迫下走向极端的故事，为公路电影开启了新的方向，成功地将女性主义与公路电影融合在一起。——编者注

员寻求智慧，孩子会看着祖父母在家里变老或去世，但是，科学技术可以使更多的人活到高龄，同时也会让他们有关世界的知识变得过时。现在，老人经常生活在他们自己的世界里，去探望他们并不令人愉快。在一项研究中，60 岁以上的人表示，在与他们讨论“重要事项”的人当中，36 岁以下的人不到四分之一；如果排除亲戚，这个数字就会减少到 6%。康奈尔大学老年学专家卡尔·皮莱默的分析发现，美国人更有可能与另一个种族的人而非比自己年长 10 岁以上的人交朋友。

但皮莱默说，当他不再把老人视作麻烦，而是开始把他们视作财富、智慧和经验的宝库时，他的生活发生了变化。即便当我们的各种能力衰退时，我们仍然可以对自己的生活质量施加巨大的影响力。正如黄萍所说的那样：“当你老了，就得让自己快乐。不然你会更老。”这六位老人都从他们的固有潜质而非外在环境，获得了一定程度的快乐。没有人想失去自己相伴 60 年的伴侣，也没人想因为疼痛而放弃散步，但在如何对待损失和余生的问题上，我们依然拥有一定的选择权。我们可以专注于我们失去的一切，也可以专注于我们当下拥有的生命。尽管健康状况可能一塌糊涂，但这并不是生活的全部。

所以，或许还有选择。吞下蓝色药片，你会哀叹自己的人生已经丧失了敏锐的记忆力和曾经使你出类拔萃的工作；吃个红色药片，你会感激自己的人生还有你爱的人相伴。你可以去参观博物馆，然后想，我只能坐着轮椅与一群半聋的老人为伍；或者你也可以想，这可是马蒂斯的作品啊！

我和老人们相处的时间越长，就越是经常思考怎样才能现在就达到这种状态——怎样在所有选项当中选择快乐。我开始意识到，答案与我的所有预期相反。如果你想快乐，就要学着像老人那样思考。

在生命价值降低时，我们能大胆承认吗？

关于变老的好消息是：与年轻人相比，老人自认为幸福感较强而负面情绪较少。这种幸福感不断增加，直到 70 多岁的某个时间点才开始逐渐减少，但在 90 岁时仍能保持比 20 岁时更高的水平。尽管我们把青少年和青壮年时期理想化，但与年轻人相比，老人的满足感较强，担心和忧虑较少，不那么惧怕死亡，更容易看到事物好的一面，并坦然接受坏的一面。正如人们公认的乐天派亨利·米勒所说："80 岁的我觉得自己比 20 岁或 30 岁的时候快乐得多。我绝对不想再成为青少年了。年轻虽然值得称道，但过程却极为痛苦。"经验帮助老人调低了预期，所以当事情发展得出乎意料时，他们的适应能力更强。如果他们确实有消极经历，也不会像年轻人那样无法自拔，研究人员称为积极效应。这是个谜：思维和身体都在衰退的人（在我们看来，他们最好的岁月正逐渐成为过去），为什么比似乎拥有全世界的年轻人更热爱生活？他们难道不知道自己的人生已经千疮百孔了吗？

或者：有什么是他们知道，而我们其他人不知道的？

这六位老人都形成了自己的度日方式，但他们的日常安排往往可以归结为同样的东西：把你正日渐减少的时间和精力，用来做你还能做，并能给你满足感的事，而不是哀叹你从前能做但现在做不了的事。老年学专家称之为“选择优化补偿”：老人尽可能利用所剩的一切，去补偿已经失去的一切。（詹姆斯·布朗称为“用现有的东西去争取想要的东西”。）如果你的原有能力只剩下 30%，要把它用在你喜欢的事情上。年轻时代的傲慢之处或许在于，人们认为一旦不能做现在所做的事，活着就没有价值了。

在国际象棋中，棋手有时会使用一种叫作复盘的方法来提高自己的中局表现。他们不是从比赛开局向后推，而是从残局向前推，弄清形成某个特定棋局的走棋顺序。如果白棋有微弱优势，是在哪一步形成的，那步棋之前是哪一步？如此种种。关键是在比赛开始的时候，每个棋手在棋盘上有那么多棋子以及那么多走棋的潜在方式，很难看出哪些走法可以带来预期结果，但如果你从结果倒推，选择就会减少，过程也会更明显。你可以忽视无法让你达到预期目的的走法，专注于能够让你达到预期目的的走法。

作为练习，你想象一下，在 75 岁、80 岁或者 85 岁时，怎样的生活算是幸福生活。即将年满 85 岁的美国男子有 6 年预期寿命；女性则有望再活 7 年，这差不多跟青春期一样长。你希望自己到那时生活是什么样——有哪些乐趣、哪些回报、哪些日常活动和人际联系？现在，倒推回去，看看哪些步骤会帮你实现那个目标——哪些棋子和局面是重要的，哪些可以在过程中牺牲掉。

第一步是想象那个年龄的幸福生活是什么样，这可能不太容易。我们大多数人不经常跟老人在一起，而在一起的时候，也通常是在努力帮他们解决问题，而不是问他们怎样会使他们快乐或感到满足。如果你从一开始就想着自己有朝一日会变老，而且身体没有因为一辈子的体力劳动而垮掉，那么你希望那些岁月是什么样？可能你的身体比上一辈好（他们能活过 70 岁就算幸运了），受过更好的教育，更富裕，更健康。你可能希望得到家庭成员精神上的激励和情感上的支持。你可能希望有恩爱的终身伴侣或者关于美满婚姻的记忆。你可能希望沉迷音乐或艺术，或者与年轻人接触，或者即便在身体日渐衰弱的情况下还能做事，对社会有用。实现这些希望当然会有局限。过了 85 岁，72% 的人至少有一种残疾，55% 的人不止一种残疾。因此，你可能并不想去威基基海滩[1]，在海浪的冲击下做爱，或者过依赖网络的生活。当身体

---

1 威基基海滩（Waikiki Beach）位于美国夏威夷州首府火奴鲁鲁（又称檀香山市），是闻名世界的度假胜地。——编者注

不能做从前所做的一切时，你如何想象幸福的生活？

现在，想想能够帮助你达到那种状态的步骤。幸运的是这些大多是让我们在整个人生中更快乐和更感到满足的东西。如果你希望85岁时与朋友和家人有着互相支持的亲密关系，就要追溯一系列形成这种状态的步骤，一直倒推到现在。这个过程很愉快，不是吗？那是世界在告诉你，多花些时间陪伴你在意的人。如果你想要有目标的人生，你不觉得自己最好现在就开始寻找目标吗？如果你加班、晚回家、推迟与朋友和家人的聚会，可能就达不到上述与家人和朋友保持亲密关系的状态。也许你想换个工作、与儿子长谈、搬到国内的其他地方去住。也许解决办法是结束一段你们不再互相帮助、互相扶持的婚姻。我从没说过这很容易。

努力想象85岁幸福生活的好处之一是，这意味着你会把老龄看作续篇，而不是被塞进完整故事后的附录。这意味着要用与以往不同的眼光看待你的人生路线：不是看作你在不同年龄跨越的一系列里程碑——找到工作、搬进第一个家等，而是看作一首主题在数十年里不断重复和发展的长乐曲。我们不会把教育、工作或爱情分派给人生的特定时期，而是让它们在整个人生过程中以不同的变奏重新回归。它们加在一起，起初是经历，后来是记忆。到了最后，你会同时生活在所有这些乐章中。

这六位老人都以不同的方式践行着快乐，有些人比其他人更习以为常。尽管客观来说，弗雷德的日子过得很艰难，但他仍为每一天道谢。鲁思有子女和大家庭，她已经成为把所有人凝聚在一起的黏合剂。乔纳斯有他的工作，而他从不把工作与生活区别开来。他不休假，也不会在艰难的一天结束时中止工作。在银幕上和生活中，他都追求良友、美食和佳酿。他说："我不给抑郁可乘之机，平衡健康的生活和乐观积极的活动更吸引我。我对拍摄黑暗压抑的内容没有兴趣，我更喜欢与大家聚在一起唱歌跳舞，我更关注快乐的细节。为什么？我的天性就是这样。我想，可能我在潜意识里认为人类更需要这个。"

黄萍每天和楼里的女人打麻将，海伦有豪伊相伴。就连不想活的约翰都用大部分时间重温快乐的记忆。他几近失明，只能勉强自己吃饭，但还是从鲜活的色彩和细节中回味着曾经美好的时光。他经常吓到我。他有一天说："那是难得的好天气，一切都亮晶晶的。我记得海上风平浪静，海面像钻石一样闪闪发光。那天快要结束的时候，哥哥来看我，我保存着最后一次见到他时拍的照片。"这六个人都向我展现了怎样才能不再为生活中的问题而烦恼，但他们首先教会我的是集中注意力。

我在这门大师课中的第七位教师是我的母亲多萝西。她住在曼哈顿下城区的一幢老年公寓里，日常活动要依靠一台电动轮椅。她最近说："如果你想知道变老是什么感觉，我告诉你，那感觉糟透了。"我父亲 2004 年去世时，她意识到自己很少需要走路，因为他总是开车把她送到她要去的任何地方的门口。准备迎接不测（比如，86岁）从来都不是她的头等大事。她说："我从不想这个，我给不了你特别好的答案。"2011年，她差点在一次脊椎手术后离开人世。在那之后，她表达了人生中唯一一个强烈的意愿，那就是离开这个世界。她至今仍然责怪我弟弟乔没有让她离去。

我当时在伊拉克执行报道任务，所以是住在北卡罗来纳州的乔一直陪伴在母亲身边。当时，我们不赞成母亲做脊椎手术，或者要她推迟到我返回纽约再说。她几年前已经动过一次脊椎手术，手术使她卧床数月，而且没有带来多少改善。但是她疼痛难忍，于是决定接受手术。

第二次做手术的时候，她更老了，身体也更弱了，暴发感染时，她的身体毫无抵抗能力。医生希望我们同意给她插入一根饲管，以帮助她挺过这次感染。她给我们下了"放弃抢救"的命令，所以我和弟弟通过嘈杂不清的手机商量对策，说了一半就什么都听不见了。这是一个决定母亲生死的可怕选择。按照她"放弃抢救书"上的意愿，如果她不太可能恢复有尊严的生活，那就放弃治疗。但是，当时的情形更像是她房间里的窗帘着了火，我们必须拉进一条水管救火。后来，她恢复了在干净整洁的公寓里的生活。她有深爱的朋友和孙子孙女，有费城交响乐团的午后音乐会。比她贫穷得多的人都在享受精彩人生，如果认为这样的生活都毫无价值，似乎太不知道感恩了。如果她想绝食自尽，她可以在没有我们帮助的情况下这样做。

最终我们同意了插管。

如果你的母亲告诉你，她已经无法发挥建设性的作用，或者斥责她的子女不让她去死，你会怎么说？认识约翰·索伦森之前，多年来我基本回避了这个问题。如果这个人不是我的父母，就比较简单些。早期见面时，约翰说他希望能早点离去。我总是说，我希望他不要走，如果没有他，这个世界会更加乏味。但是，在那一年里，约翰让我从一个不同的角度见证了他的生活。他盘点自己仍然享受的东西，把这些东西与维持生命所需付出的努力加以权衡。回报越来越少，他的存在越来越多余；付出则在不断增加。当然，做权衡的是他，而不是我。到了年中，我不再对他说希望他别死了。到了冬天，我已经不再想这件事了。我们都不想听从别人的意愿实现永生。让那些根本不想永生的人勉强得到一种打折扣的永生，这并不是善意。

然后，就在2015年圣诞节快要到来的时候，也就是我和老人们相处的那一年临近尾声的时候，我母亲因为胸口疼痛和血液中的肌钙蛋白酶含量高而再次进了医院，这些都是心脏病发作的征兆。我弟弟一两天内就会从北卡罗来纳州赶来。那张“放弃抢救书”在我的脑海里晃来晃去。开始的那些天，母亲在鬼气森森的荧光灯下靠在医院的病床上时，比我多年来见过的样子都要安详，她告诉我她希望谁在她死后致悼词。她说，我应该查看一下那位牧师的脸书页面，全都是布道词和爵士乐。她的身上连着哔哔作响的电子监视器和各种管子，她时而清醒，时而迷糊，污迹斑斑的镜片后是平静的双眼。她在思量最近发作的肺炎，如果让那场病悄无声息地把她带走该多么令人愉快。现在，她又回到了那道门边，至少她是这样想的。那是她经常说的自己想要的离开方式，不复杂，也不痛苦，有许多护士为她服务。

那么，我学到了什么？通过约翰的眼睛看我母亲，就会看到曾经对其所有者而言无比珍贵，而如今却丧失了价值的生命。她希望摆脱这样的生命，她背负它的时间够长了。我不会要她保留一条她不再喜欢的围巾，那我为什么一定要她留住自己不再留恋的生命呢？领会生命价值的含义之一，不就是在这种价值降低的时候能够勇敢承认吗？

等到我弟弟从北卡罗来纳州赶来的时候，她显然已经渡过了难关。冒险措施是没必要的，也不需要“放弃抢救书”。但她开始时面对死亡展现出来的从容态度变成了对医院常规治疗的恼怒。我和弟弟交换意见时，就好像我们陪伴的是不同的女人。我认为我探望的女人比较快乐。我曾和她一起希望她死去吗？我觉得没有，就像我不希望约翰死去一样。但是，我开始接受死亡是老年的必然归宿，是我们生命的主动行为，那么，放弃就和斗争一样了不起，最终的结局也没有多少差别。

我在学习，我还有很长的路要走。红酒是有用的，给我来一杯金酒！

体弱无力意味着要容忍更多的东西

在成长过程中，我与老人的接触很少。我的祖父母和外祖父母在我 3 岁之前就都已去世，尽管我的姨婆多萝西每年圣诞节都来看我们，但她在健康状况恶化之后就不来了，所以我对她的印象始终是用我家的立式钢琴精神饱满地弹奏《野猫》的坏脾气退休护士。后来，我有机会认识了我妻子的祖父阿尔。他爱抽雪茄，当过卡车司机。我对他的记忆是，他 90 岁时在一场网球赛后跳过球网摔断了髋骨，然后在医院跟一个女人私奔，一路跑到了圣路易斯，在那里车坏了，他们的关系也搞砸了。我可以肯定其中有些情节是准确的。至于其余部分，我不想知道。他活到了 100 多岁，去世时患有晚期老年痴呆症。所有人都能讲一段关于阿尔的故事。一位表亲在阿尔的追思会上说，阿尔以为“受诫礼”的意思是“酒吧开门”。拉比的主题是：“谁知道明天会怎样？”这显然与一位在养老院死去的虚弱的百岁老人不太搭调，所有人都知道他的明天会怎样。我妻子在他晚年时照顾过他。她说希望自己会患癌症，在变老之前死去。从那时起她考虑开始抽烟。

最近有次吃晚餐时，我母亲哀叹她之前从没想过给自己的职业生涯来个有价值的结尾。她说：“我的人生有四分之一是做学生，在学习。接着，用了一半的人生从事生产工作。然后，又过了 25 年无所事事的生活，百无一用，吃闲饭。我觉得我们的社会必须为这些人找点事干。”

也许汲取老龄经验的最好方式是提前动手，经验是现成的。约翰·索伦森说，他曾向自己保证，等他老了，要每天刮胡子，不流口水。但 91 岁的他只是偶尔刮刮胡子，他口腔里的肌肉太松弛，所以口水会流到下巴上。老龄的经验之一是，它并非你想象的那样，你认为体弱无力是一个人的决定性特征，但其实那只不过意味着你要容忍更多的东西。如果我们不怕变老，而是无论损失多么严重，都能欣然接受岁月端给我们的大杂烩，那就等于帮了自己一个大忙。对俄亥俄州居民展开的长期调查表明，如果根据是否赞同“你越老就越没用”之类的说法来衡量，那么对老龄有积极认知的人平均能多活 7.5 年，远比只是锻炼或者不吸烟的人活得更长。

老人们都知道一些你在互联网上找不到的东西，那就是如何做个老人，以及在这个世界上生活了很久且即将离去的人是如何看待这个世界的。正如海伦·摩西经常告诉女儿的那样：“我经历过你这个年龄，但你从来没有经历过我这个年龄。”与大家经常采取的说法不同，他们并不是被时代抛弃的老朽。他们跟我们一样——即便现在不一样，有朝一日也会一样。如果我们不愿向他们学习，我们就会错失生而为人的重要经验。变老是我们人生的最后一件事，它或许能教我们现在该如何生活。

当我开始短暂进入这六位老人的生活时，我对这一切一无所知。我原本主要想展现人到老年的痛苦和艰难（新闻工作者就是喜欢表现苦难）。除此之外，变老还能有什么其他含义呢？

我只知道，我的人生起起落落，我以为坚不可摧的东西其实转瞬即逝。我想，至少我还不老。

Lessons from a Year Among the Oldest Old

第二章

老后的艰难

这六位老人都不能说明天会更好。明天预示着思维和身体进一步衰退，对生活的掌控更弱，朋友和爱人更少，或缓慢或快速地走向死亡。无论他们有什么健康问题——糖尿病、关节炎、健忘、心脏病、老眼昏花或者听力不佳，都只会不断恶化。

“你眼下快乐吗？”

起初，我以为自己已经找到了正在寻觅的东西。变老是命运赐予的礼物。黄萍患有关节炎的膝关节和肩膀实在太疼了，疼得她夜不能寐。约翰孤孤单单，不敢离开公寓，几乎抬不起胳膊梳头。指关节痛风让他连自己吃饭都很费劲——有时候他只好低下头，像狗狗一样把嘴凑在盘子里吃东西。鲁思失去了自己的居所和朋友，已经不出去散步了。弗雷德有天晚上在厨房摔了一跤，站不起来，所以在地板上睡到早晨。每个人都掌握着一个悲伤感人的故事素材，我只需遵循自己对老龄的先入之见就可以了。

我第一次在位于布朗克斯区里弗代尔的养老院探望海伦时，她说：“我讨厌这里。我从没想过要住养老院，那表示没人想要你了。”

这六个人都眼看着自己的肌肉日渐减少，这是我们所有人从中年开始就出现的一种叫作“肌肉萎缩”的状况；人到了 80 岁，会丧失大约三分之一到一半的肌肉组织。颈部和胳膊上的皮肤松松垮垮，有些部位出现斑点，就好像旧日瘀伤的留痕。我和弗雷德在他的公寓门外握手时，他身上我第一个注意到的特征就是大拇指根部的鱼际肌，它不是鼓胀的，而是扁平或者凹陷的。他用大拇指揪着松弛的皮肤说：“看到了吧？有一天，我要把一个双向插头插进三向插座，可我插不进去。我跟一个朋友说了这事，他‘砰’地一下就插好了。那时候我已经用力插了好几天了。”就连还在四处奔波着拍电影的乔纳斯都无法操作新摄像机上的小按钮，而在他试图写东西时，他的手抖得很厉害。在这六个人当中，有五人走动时需要拐杖或助行器，也就是说，他们要靠别人来探望他们。诸如记住一个名字或是否吃过药之类的简单脑力劳动，往往成为他们无法应对的挑战。而且，他们都没有共同生活的伴侣。

老龄有多艰难？我第二次探望鲁思时，她讲述了前一天去看医生的日常出行。那时冬日将尽，城市被包裹在新的冰雪中。她还在因为那次出行而感到疲惫不堪。

她叫的第一辆出租车没有来。鲁思是个小个子女人，以前凡事亲力亲为，但自从搬到新的养老院之后，她比以前动得少了，而且像我母亲一样，因为每顿饭搭配的甜食而增加了几斤体重。第二辆出租车来了，是一辆 SUV，车太高了，她爬不上去。这就是老龄的困境之一：是让司机把她抱上车（她强调是托着屁股抱上去），还是放弃。最后，她设法把上半身后仰到座位上，再把腿收进去。看病的日常出行变成了影响人一整天的紧张压力。

她问："我还有什么盼头？"她停下来想了想，没有答案，"我发现我大部分时间都很悲伤。我不再快乐了，这让我感到不安。"她还在为8个月前被迫离开原来那个拥有昂贵生活辅助设备的居所而生气，"我想念那边我喜欢的人。"

我问，有研究显示老人比年轻人更快乐，她是否同意。她说："我可不是这样。"我们早早结束了访谈，因为她累得撑不住了。

对于这六个人，你不能说他们明天会比今天好。明天预示着思维和身体的进一步衰退，对生活的掌控更弱，朋友和爱人更少，或是缓慢或是快速地走向死亡。无论他们有什么健康问题——糖尿病、关节炎、健忘、心脏病、老眼昏花或者听力不佳，都只会不断恶化。伤口愈合缓慢，咳嗽没完没了。他们从未在电视上看到过像自己这样的人；陌生人在街头或商店里无视他们，不想与老先生或者老太太的生活有任何瓜葛。如果他们抱怨，呃，孩子可能会拒他们于千里之外。

不过，随着我不断探望，另一个故事开始浮现。海伦说，她对自己与豪伊关系的珍视程度超过了她57年的婚姻，那段婚姻很恩爱，但开始得太早，所以不曾有过真正的求爱期。她说："跟豪伊在一起要浪漫得多。你肯定不会懂的。"黄萍说，尽管身体疼痛，但现在的生活比较轻松，多了些安逸，少了些压力。她说："我从来不把我的快乐与过去做对比。这是不同的。年轻的时候，我不喜欢上学，因为老师盯着你做练习。然后是工作——这对我来说是一段很劳累的时间。我得 6 点起床，工作 8 小时。我现在比较自由了，可以随时随地想干什么就干什么。我从没想过自己做不了的事情。我知道我的时间有限，所以唯一要做的就是让自己开心。比如麻将——我要打到最后一天。"

弗雷德的生活似乎不太可能找到快乐。他一个人住在布鲁克林区克朗高地街区的无电梯公寓里。他没法打扫卫生。由于爬楼太痛苦，37 级台阶把他与世界隔绝开来。我认识他的时候，尽管不参加社交活动令他感到难受，但他还是在公寓里一连待上好几天都不出门。他有一个因患乳腺癌而时日无多的女儿，自己还因为心脏病几度入院。儿子们欠他钱，因此很少跟他说话。作为他生活中最亲近的人，他哥哥因为糖尿病失去了一条腿，而且住得太远，所以弗雷德无法前去探望。不过，在那一年里，当我感到情绪低落的时候，探望弗雷德总会驱散我心中的阴霾。

他有天问我："你怎么给快乐下定义？"那个星期他得到消息，说他所属教堂的牧师去世了，他很震惊地发现，牧师比他年轻得多。我们坐在他的客厅里，旁边是成堆的旧账单和未分类的票据，有些是多年前住院时留下的。他似乎没有注意到空气中刺鼻的陈腐味道。我说快乐是一种目标意识和价值感。

弗雷德很喜欢微笑，但他有时会把假牙忘在餐馆。他说："瞧，那不是快乐。对我来说，快乐就是当下，不是来世，不是你今晚要跳的舞。如果你现在不快乐，那你就是不快乐。有些人说，我买一件冬天穿的新皮大衣，或者我给自己买辆新车，那我就快乐了。但是，你不知道在那之前会发生什么。你眼下快乐吗？比如我。我有健康问题，可是这样已经好长时间了，所以是次要的。有时候，如果我说，我明天要出去，然后整天都下雨，我就打开电视。我可以看电视，吃点冰激凌，而我本来是不该吃的，这就是种快乐。"

我所说的快乐是出于我这个年龄的视角，在这个年龄，我还在摸索自己在世界上的位置，展望着未来；弗雷德讲的快乐则是出于老龄的视角——满足于现有的一切，而不是寄希望于未来。我的定义是向前看；弗雷德的定义是从当下获取满足感，因为未来可能不会降临。

弗雷德并不是一直这样觉得。他说，在年轻些的时候，他以为快乐是他必须去主动争取的东西。这导致他在人生中犯下了许多错误，大多是因为他不满足于自己拥有的一切。他从没结过婚，但跟四个不同的女人生了六个孩子，而他只跟其中一个女儿保持着密切联系。弗雷德很少承认自己有任何遗憾，但有一天下午，我们已经聊了一会儿，他放松了戒备。他说："我以前一直玩啊玩啊玩，直到玩儿不动了。我不够聪明。我以为自己至少能健康、快乐、精力充沛，就这样到 100 岁。然后我就有麻烦了——现在没人照顾我，都是我自己的错。我以前总觉得还能遇到更好的。”

弗雷德上大学期间曾经想过考医学院，所以他对人体有充分的了解，足以知道自己的健康问题（糖尿病，低血压，因为循环不好而无法治疗的脚趾感染）很严重，而且即便能有所改善，也很有限。但他选择不去抓住自己的问题不放，也不跟这样的人在一起。大多数时候他都会躲避自己的同龄人，尤其是他常去的教堂的人，因为他们往往会讨论自己或者别人的疾病。他说，他的疾病已经把他搞得心力交瘁了，为什么还要再主动牺牲更多呢？“曾经有一首歌，我估计现在还能听到，它是这样唱的：‘有个地方更晴朗，我要找到才罢休。’我对待疾病也是这个态度。但愿这是短期的，等我好了，逐渐恢复正常的身体状态了，我的人生会有个美好的未来。就像切萨皮克湾跨海大桥一样，跨距太大，不能只建一座桥，所以他们建了一座桥和一条地下隧道。你只能一会儿上，一会儿下，最后就到了东海滨。好日子和不好的日子都有，但总的来说是好日子。”

对弗雷德来说，快乐不需要他去努力争取，保持着一种平和状态就好。他只需放松，让快乐席卷他的全身。生活给了他需要的一切，只要他足够聪明接受它们就好。

弗雷德说：“我有个熟人，领过一两次社会福利金，现在不在了。我已经领了20多年的福利金，我还活着。感谢上帝。我没有使劲琢磨这个事，也不觉得我比别人强，但我就是感谢上帝，希望他让我继续活下去，活到110岁。到那时候，我会说，好啦，我要给别人让地儿了，你可以直接把遗体火化，不要占了给孩子建游乐场的地方。我能活到110岁，所以我还有一阵子可活呢。”

乔纳斯·梅卡斯也说，快乐是一种活在当下的状态。乔纳斯在两次大动荡中幸免于难，第一次是苏联人入侵他的祖国立陶宛，还有一次是他落到纳粹手里，被送往德国的一个强制劳动营。目睹人类的欲望造成的苦难后，他发现快乐不在于极力征服，而在于与他人的关系。

他说：“我看到或者吃到自己喜欢的东西，这不是快乐——除非与别人分享，否则我不会快乐。”他的最新故事片取材于他的生活，名叫《快乐人生的未选用镜头》。

在布鲁克林区一座昔日鞋厂的阁楼上，他翻找自己创作于1974年的文章《论快乐》。乔纳斯在物质上的奢侈品寥寥无几，却囤积了各种书籍、电影、海报和其他手工艺品——他睡的是厨房外面的单人床，却以每张1万美元的价格卖掉了安迪·沃霍尔1965年的影片《我的小白脸》的一些宣传海报，支付了儿子上大学的费用。他有一天说：“我没扔掉的垃圾养活了我。”他并不是总能马上找到需要的东西，但最后能找到。

《论快乐》这篇文章采取了“写给作家简·沃登宁的一封信”的形式。他在信中讲述了年轻时的贫困，以及那些状况如何影响了他现在对快乐的看法。他写道，在饱餐了一顿弟弟做的立陶宛土豆布丁之后，他心花怒放。他的舌头火辣辣的，大汗淋漓，“对一切都点头赞许”。文章结尾写到朋友们分享一盘葡萄。他说，在经历所有的奋斗之后，“这盘葡萄是我的天堂。我别无所求——不要郊区别墅，不要汽车，不要乡间宅邸，不要人寿保险，不要金银财宝。我要的就是这盘葡萄，让我真正感到快乐的就是这盘葡萄。吃我的葡萄，吃得开心，别无所求——这就是快乐，这使我感到快乐”。

囤积物品当然是一种把过去改造成现在的方式。乔纳斯总是在重新组合原来的电影片段，发表原来的文章。我们往往更多地把未来变成现在，通过即将到来的欢愉间接感受生活。对乔纳斯来说，未来是幻象。他只有在未来变成现在的时候才承认。他说：“谈论未来，那不是我思维运转的方式。一切都在走向未来，但未来并不存在，它是我们创造出来的。我们对当前这一刻的责任，就是道义。人类，或者家庭，或者随便什么东西的未来，都取决于你此刻的所作所为。如果你希望接下来一切都会更好，那你最好妥善利用这一刻。”

他说，大家经常问他是否快乐，他的回答总是一样的：他当然快乐。“我认为，一个人并非总是微笑或者大笑才叫快乐。快乐更像是内在的东西，你内心觉得自己人生中的一切都做对了，你没有让别人不快乐。你的内心有某种祥和与平衡，你不担心下一分钟或者第二天会发生什么。你顺其自然，你不忧虑，过平衡的生活。我说的就是我自己。”

选择性记忆，只记住快乐

社会学家不确定为什么老人没有更不快乐——当然，很多人确实更不快乐，任何年龄群体的人都是这样。极端健康问题、疼痛和贫困对老人的打击尤为沉重，就连正常的身体机能衰退都有可能使生活失去欢愉。不过，与人们的刻板观念不同，大多数老人不是病病歪歪和弱不禁风的。他们独立生活，其人数和健康程度都超过了之前的任何同龄群体。在 85 岁以上的人当中，只有 11% 生活在养老院或类似机构，有将近三分之二的人说，他们完全能照顾自己。老人的贫困率也远远低于总人口贫困率的水平。只不过健康状况最差的人会引起更多关注——没有人获得拨款去帮助最不快乐的老人。

佛罗里达大学的社会学副教授莫妮卡·阿德尔特是少数研究老人智慧的人之一。她说：“我们研究老龄的难题，而不是财富。在生命的尽头，你面前摆着一整本书。有时年轻一代不爱听，但你们需要从生命的最后阶段学到一些东西。老人还有许多东西可以教给我们，哪怕只是怎样优雅地变老和死去。”

老人更有满足感，心理学家劳拉·卡斯滕森提出了一种令人信服的解释。她创建了斯坦福大学长寿研究中心，是中心的负责人。她给自己的猜想取了个古怪的名字——“社会性情绪选择”。老人知道自己来日无多，所以把精力集中在当下能使他们感到愉快的事情上，而年轻人未来的日子还很长，所以总想寻求未来可能有回报或者没有回报的新体验或者新知识。年轻人为他们尚未拥有但日后可能会需要的东西而烦恼；老人则从他们拥有的东西中筛选出他们最喜欢的少量几件。年轻人亲吻青蛙，希望青蛙能变成王子；老人亲吻他们的孙辈。卡斯滕森说：“很难让 85 岁的人学习无机化学。”也许老人的活法确实好像没有明天似的。

卡斯滕森现在刚过 60 岁，有着圆滚滚的身材和愉快的生活态度，看起来好像被自己讲的笑话逗乐了。30 年来，她一直在研究老人的情感状态，以及社会怎样才能适应寿命延长的现实。她说，总的来说，我们的文化还在设法应对这种变化。她告诉我：“我们在工作中看到一些不可思议的人，他们做得特别棒。但作为一个人生阶段，我们缺乏指引。”

卡斯滕森对老人的兴趣始于一次险些使她丧命的车祸。她当时 21 岁，家里有个小宝宝，婚姻即将破裂。她和朋友坐车去看“热金枪鱼”乐队的演唱会，醉醺醺的司机开着她们乘坐的大巴翻下了路堤。卡斯滕森的股骨及其他骨头骨折，肺部穿孔，因为大脑肿胀而导致短期失明。医生以为她活不成了。接下来的三个星期里她时而清醒，时而昏迷，后来她在整形外科病房住了四个月，腿被吊起来接受牵引，旁边是三位因为髋骨骨折而动弹不得的老妇人。她观察到，医护人员把这些老妇人视作需要被治疗的疾病，而不是掌控自身生命、有自主性的人。但是，这些老妇人对自己的生活有更全面的认知，也有许多与伤势无关的愿望。卡斯滕森吃惊地发现，医疗系统鼓励她们放弃这种自我意识，屈服于被动的无助感。她写道："那是我学到的关于老龄感受的第一课。环境鼓励我们成为什么样，我们就会变成什么样。"

她先后进入大学和研究生院学习，坚信与她在整形外科病房里见到的情形相比，还存在更好的方式。她写道："一个重大阻碍就是把变老造成的问题与变老本身分隔开来。如果你年轻时出了毛病，他们觉得你能解决问题。如果你年老时出了毛病，他们鼓励你认命。"她想知道，有些老人体验到的无助感在多大程度上是变老造成的问题，在多大程度上是因为世界告诉他们应该这样做。如果我们不把晚年生活看作变老，而是视为寿命的延长，视为幸运地出生在好年代的人所获得的恩赐，情况会有怎样的不同？

20 世纪 90 年代初，她和斯坦福大学的一组研究人员开始了一项历时 10 年的研究积极效应的实验。他们把 BP 机发给年龄在

18岁到94岁之间的184个人，在一个星期的时间里每天给他们发5次信息，要求他们立即写下他们对19种情绪的感受有多强烈，其中既包含正面情绪，也包含负面情绪：快乐，喜悦，满足，兴奋，骄傲，成就感，有兴趣，可笑，愤怒，悲伤，恐惧，厌恶，内疚，尴尬，羞愧，焦虑，恼火，沮丧，厌倦。然后，他们在5年和10年后对同样的对象重复了上述实验。

该实验并非没有尴尬的时候。一位名叫简·波斯特的参与者后来给采访者讲述了BP机"在行夫妻之事"时响起的经过。但是，结果令人震惊。老人自述的正面情绪始终和年轻参与者一样多，但负面情绪却比较少。他们各种情绪交织的情况更多，也就是说，他们没有因为沮丧或焦虑而说自己不快乐。他们有意识或无意识地在即便有理由感到不快乐的时候选择快乐。

其他实验给上述结论增加了些微差别。在一项实验中，卡斯滕森和同事们向参与者展示了一系列画面，然后要求他们回想起尽可能多的画面。老人记住的正面画面差不多是负面画面的两倍；年轻人记住的正面画面和负面画面一样多。卡斯滕森的解释是：老人喜欢当时让他们感到愉悦的画面，年轻人则把所有信息储存起来以备将来使用。在另一项实验中，首先给参与者看成对的脸，然后一个闪光点会出现在其中某张脸曾经出现过的位置上，他们被要求在闪光点出现的时候按下一个键。当闪光点出现在一张快乐的脸的位置上时，老人的反应速度比较快；年轻人对快乐或悲伤的脸的反应速度则一样快。这表明，老人不仅更善于记住令人愉快的信息，而且能更充分地记住令人愉快的新信息。研究人员借助功能性磁共振成像发现，老人大脑的情绪处理中心——杏仁核——在他们看到正面画面时比看到负面画面时激发得更活跃；年轻人的大脑对两者的反应则是一样的。在这里，老人的大脑就像冥想者的大脑。除此之外，精神病患者和有创伤后应激障碍的人受到负面刺激的时候，杏仁核的激发会更活跃。

与我相处的每位老人都采取了这种对生活的选择性记忆。即便他们正在人生的最后阶段艰难挣扎，也都极力对早年的所有困难淡然相对。我们每次在一起的时候，约翰·索伦森都说："我这辈子很美满。"他说，他从未因为自己的性取向而遭遇过偏见，就连中学里那些因为他不打棒球而叫他"姑娘"的孩子也不例外。他说："从来没有人因为这个取笑过我。"在与沃尔特共同生活的60年里，他只记得发生过一次争吵。尽管他回忆起别人在"大萧条"期间吃尽苦头，但对他来说，星期三晚上的米饭是他一个星期当中最喜欢的一餐。

他在我第二次探望的时候说："我永远不会忘记有一次走进客厅，看到我父亲手里拿着一只金丝雀，我母亲看着他。我永远不会忘记她脸上的微笑，就像个坠入情网的年轻姑娘。我从没看见我母亲有过这样的微笑。那就是一瞬间的事，因为他们一看到我，就变回了平时的样子。不过，那是印在我脑海里的美好记忆。”

这应该是卡斯滕森的实验结果在现实世界里的复刻：约翰记得正面而不是负面的情绪体验。如同弗雷德一样，尽管困难本可以把他压垮，但他利用可以获得的资源构建了令自己快乐的理由。他摒弃了只会加深痛苦的不愉快记忆。

如果卡斯滕森是对的，那就意味着老龄带来的记忆改变既有正面效应，也有负面效应。记忆中的这些早期空白（你记不起来的昔日老师的名字，你在短短几个月前看过的一部电影的结尾）并不预示着未来要面临的其他损失，也可能是对这些损失的适应性补偿。我们遗忘和牢记是因为我们需要这样做。这意味着即便在失忆的情况下，生活仍然有质量可言，而这种可能性是我之前从未想过的。那么，智慧的要素之一，就是学会把失忆变成一种优势。

Lessons from a Year Among the Oldest Old

第三章

什么样的人能活得更久

能撑到85岁或90岁的人都非常坚韧，他们知道怎样应对损失，熬过各种各样的难关。钱是有用的，家人也是有用的。更好和更明智的做法还有遗忘，选择性遗忘。

“年轻的时候，你操心的事情更多。”

起初，我以为老人们可能会有所隐瞒，因为他们不想通过媒体发泄不满。他们那代人与我们不同，并不以爱发牢骚而著称。但是，几个月时间过去，模式形成，我逐渐意识到他们的选择性记忆（清楚地记得好时光，忘记了坏时光）在日常生活中对他们有益。如果他们不能控制身体的变化，至少可以控制自己的过去，使之形成一种积极的结果。

鲁思说：“我回想自己的人生，回想起来的都是快乐的人生。”就好像往日的快乐也是我们可以做出的选择。他们经历的那些困难现在仍有影响和印迹，比如，“大萧条”，还有配偶缓慢而残酷的死亡，但他们不是都熬过来了吗？

在我们的交谈中，鲁思经常谈到她照料垂死的母亲、垂死的丈夫和姐姐（“我们当中最聪明的一个”）的那些年，姐姐是在阿尔茨海默症长期恶化后去世的。这些记忆显然没有令她感到烦恼，反而使她回想起了比较愉快的时光。她的大女儿朱迪管理着一家为低收入老人服务的机构，朱迪说自己经常看到接受她服务的老人身上有这种适应能力。她说："能撑到 85 岁或者 90 岁的人都非常坚韧。比如，我妈妈，她失去了丈夫，失去了父母，她知道怎样应对损失。这不能减少痛苦，但人是有适应能力的，我们可以从老人身上学到很多东西，因为他们熬过了各种各样的难关。钱是有用的，家人也是有用的。不过，我遇到过既没有钱也没有家人的人，他们上了年纪后也都过得不错。"

严重失忆是很可怕的，我们完全有理由对此感到畏惧，但智慧的核心要素就是选择性遗忘。你 45 岁的时候，记住婚姻或事业中犯过的所有错误是有好处的，这样你可以从中吸取教训；但到了 90 岁，更好、更明智的做法是遗忘，因为这些记忆只会带来痛苦。人到中年，你需要知道谁在商业合同里坑了你；等你老了，忘记怨恨不会让你有任何损失。选择性记忆还具有强化效果，让富有者更富有；孩子更愿意探望讲述年轻时代快乐故事的祖母，而不是沉溺于往日不满的祖母。

一天，在黄萍的公寓，我问她在 90 年的人生中有什么遗憾。黄萍的公寓虽然不大，但总是干净整洁。她已经不再给自己买衣服了，她的套头衫领口有些磨损。她把照管窗边的绿植作为日常生活中的例行事项之一。她说："非常重要。我喜欢花花草草，它们对我的身体有好处。”她听到我问遗憾，摇了摇头，她说，“不可能。你回不去了。过去的事，就让它过去吧。”

黄萍讲述了自己的日常生活。她喜欢晚起，然后加热一下家庭看护前一天晚上给她准备的早餐。看护会在 10 点钟过来刷洗碗碟。上午，黄萍给花浇水；以前她上午去上健身课，但现在更愿意闲坐着。午饭后，她睡个午觉，3 点钟下楼打几个小时麻将，总是跟三个同样来自中国南方广东省的女人一起打。她说，好日子就是她打赢的日子。每天晚上，她都会跟女儿通电话，然后下楼去楼里的活动室看书或者聊天。她晚上不看电视，因为坐直了后背疼，所以她有时也会睡觉前躺下看书。一年前，女儿给了她一台笔记本电脑，以便她给中国的亲戚发邮件或者通过 Skype（一种聊天软件）聊天，但她没地方放，在公寓里搬来搬去又太重了。她试过用平板电脑，但手抖得太厉害，没法使用触屏。

黄萍的熟人圈子很小，活动也很少，由于楼里的一位好朋友最近去世，她的圈子更小了。不过，这是个精挑细选的圈子，每个成员对她而言都非常重要，她不会耗费精力去结交她不感兴趣的人或者做她不喜欢做的事。她没做过自己厌恶的工作，也没在同学都很刻薄的学校上过学。她从不担心被解雇或者数学不及格。她最大的忧虑是没有足够的钱给自己办葬礼，而现在她已经搞定了这件事。对工作的担忧、婚姻紧张、钱的困扰、时间冲突、日常压力——这些事情让我夜不能寐或者闷闷不乐；而对黄萍和其他老人来说，这些都是不存在的。她说，现在生活轻松些了。“年轻的时候，未来太遥远，你不知道自己和这个世界将会怎样。所以年轻的时候，你比老人担心的事情多。可我现在不担心了。”

想象一下：没有未来也就意味着也许所有的事情都不会发生，只有一件事除外，那就是死亡。哪怕只是这样想象一分钟，那感觉都像是第一次飞行，轻盈而自由。我们大多数人每天都必须面对未来，背着它的重负辛苦地劳作。像老人那样思考就像是无牵无挂地旅行。

年老之后的价值观变化

20 世纪 80 年代，一位名叫拉尔斯·托恩斯坦的瑞典社会学家对黄萍这种人的普遍存在表示震惊——尽管他们失去了很多，但还是对老年生活心满意足。他像我一样，发现他们随处可见。当他开始围绕这些人的生活与他们展开交谈时，他们讲述了自己的价值观在年老之后发生的变化。变化之一是，在如何利用时间以及与什么人相处的问题上，他们更挑剔了。他们对于在鸡尾酒会上应酬交际或者与陌生人搭讪不再感兴趣，他们不想寻找新朋友或者建立新的人际关系网。另一个变化是，他们的自我关注程度降低，更加关注作为整体当中的一份子的感受。他们并不孤单，反而更加珍惜独自一人沉思的时光。其他社会学家忙于寻找让老人保持忙碌的新方式，托恩斯坦却创造了“超越老龄”这个概念，他认为这是思考老龄问题的另一种方式：不是身处衰退期，而是站在制高点，人们在这个阶段已经超越了物质忧虑，转而集中关注真正有价值的东西。他推测说，老龄之前的那些年都是在为这个阶段做准备。

他对74—104岁的人展开调查，询问他们自50岁以来价值观发生了什么样的变化，有将近四分之三的人同意这个说法：“现在，我对表面化的社会交往不那么感兴趣了。”有三分之二的人表示：“现在，我的内心更喜悦了。”有81%的人同意这个说法：“现在，物质上的东西不那么重要了。”他们变得更加无私，更愿意承认人生包含了他们永远无法破解的谜题。这很不寻常：尽管他们做的事情在我们看来不是工作升职或掌握新技能那么明显的成长，但他们还是在以更深刻的方式不断进步。他最令人震惊的发现之一是，老人似乎同时活在过去和现在，模糊了记忆与当下经历之间的区别。他们会重温过去的对话，在心中向他们以往曾亏待过的逝者道歉，为旧日的愉悦表达新的谢意。

当然，托恩斯坦的研究对象是瑞典人和丹麦人，他们拥有以慷慨著称的社会保障系统，不过他的超越老龄理论在美国也很流行。在佛罗里达大学研究智慧与老龄化的莫妮卡·阿德尔特把这个概念也介绍给了我。阿德尔特认为，在老人身上发现的某些倾向（比如，接受复杂情绪和缓和负面感受）构成了一种随着变老而不断增加的智慧。智慧不是天才或者无所不知——它不是发现相对论或者化解中东危机，而是一种从生活中获得经验的能力。莫扎特是天才，而我们的母亲很有智慧。至少我母亲是这样。

为了衡量老人是否真的更有智慧，阿德尔特创造了她所谓的三维智慧等级，也就是 3D-WS。她把智慧标记在三根轴线上：认知（理解生活的能力）、思考（从不同角度审视生活的能力）和感情（情绪智慧）。一般人可能会在其中某个维度比较强，但有智慧的人善于利用所有这三个维度，并使之相辅相成。阿德尔特借助这个等级发现，对于一开始就有智慧的人来说，智慧确实会随年龄而增加，且智慧与更强烈的幸福感成正比。在她对幸福感很弱的住在养老院或临终关怀医院的人展开的调查中，这种效应表现得尤为明显。智慧评分较高的人对生活更满意，跟独立生活的同龄人一样满意。因为有智慧，所以有了更好的决策能力和更现实的期望，事情不顺利时的失望情绪也较少。老人不会因为渴求他们根本无法消耗的财富或根本无法完成的性征服而变得冲动，也不会为了他们不记得的轻慢而怒不可遏地寻求报复。

阿德尔特说，对于负面信息的钝感力有助于消除不必要的烦恼，在年轻人和老人身上都一样。“以自我为中心的现象会减少。从前用于表面的精力现在全部集中于实质，而实质才是真正有价值的。总体来说，老人接受了来日无多的现实，而且对此没什么意见。他们不是怕死，他们怕的是死亡的过程；有智慧的人更能接受死亡的过程。”

乔纳斯·梅卡斯对于他快乐的原因有个更简单的解释。他说：“我认为这很正常。”选择快乐其实是阻力最小的道路，比起他的许多朋友给自己制造的焦虑不安，活得快乐要轻松容易得多，那些人为没有发生的事担心，渴望他们不需要的东西，沉溺于毒品、酒精或者性。他说，就连他在苏联人和纳粹手下的遭遇到头来都是好事，因为这样的遭遇才促使他来到了纽约，并且在那里创造了自己的生活。

他有一天在家里说：“没错，我想我有洞察力。我更知道哪些是可以改变的，哪些会保持不变，或者只能稍有改变。”

他不会为无法改变的事情烦恼，而是把精力用于追寻能够滋养他和其他人的事物。选择权在他手里。为什么要选择让他不快乐的事物呢？他说：“这归根结底是你的信念问题。尽管艺术和美之类的字眼显得很含糊，但我选择关注这些事物，而不是我们现在生活中的丑陋和恐惧。如果说一个人观赏花朵或者听音乐，会受到正面影响，那么被丑陋和恐惧所包围就会产生负面影响。所以我觉得我有义务去关注千百年来的诗人、科学家、圣人、歌手和吟游诗人，他们为了让人类的生活更美好而付出了一切。我必须用我微不足道的方式去延续他们的工作。”

在任何年龄，智慧的起点可能都是接受你会死去，真正接受，并且对这种生活的局限感到更满足，而不是更哀怨。现代医学鼓励我们把死亡看作我们成功或失败的考验，由身穿白衣的专家主持局面。但是，老人们提供了一种更有智慧的观点：我们都无法活着离开，所以还不如在能够做到的时候好好活着。如果我们的死法与祖先更相似，在家里，有深爱的人环绕在周围，成为他们关爱的中心，我们是否会在生活中更注意培养这种爱呢？

两千年前，斯多葛派[1]哲学家塞内加认为："我们应该珍惜和热爱老年时代，因为如果我们知道如何加以利用，它就是充满愉悦的……在走上下坡路但又尚未急剧下坠的时候，人生最令人心旷神怡。我本人认为，可以这么说，站在屋顶边缘的阶段有着独特的乐趣。我们不对乐趣抱有希望，那就是最大的乐趣。耗尽一个人的欲望，让欲望不复存在，这是多么令人宽慰！"

卡斯滕森引用了乔舒亚·L. 利伯曼拉比类似的话："我经常觉得死亡不是生命的敌人，而是生命的朋友，正是因为我们知道寿命有限，所以才格外珍视。"老龄迫使老人了解这一点，有些人比其他人更心甘情愿地接受。这肯定是我们不必变老就可以接受的观点。有六个人愿意教我以更快乐的方式看待生活——我的生活，还有他们的生活。

为此，我受益无穷。

---

1 斯多葛哲学学派于公元前300年左右在雅典创立，因在雅典集会广场的画廊（古希腊语转写：Stoa Poikile）聚众讲学而得名。斯多葛派认为世界理性决定事物的发展变化。所谓"世界理性"，就是神性，它是世界的主宰，个人只不过是神的整体中的一分子。所以，斯多葛学派是唯心主义的。——编者注

Lessons
from a Year
Among
the Oldest Old

第四章

老人的互惠互利

年过 85 岁之后，只有 27% 的人有伴侣，有 40% 的人独居。他们都没有心情谱写新篇章，因为这意味着要照顾另一个人的需求，并且这种需求有增无减，而他们满足这些需求的能力却只会降低。

“我真希望我们已经结婚了。”

海伦和豪伊有一段令人惊讶的故事。他们的年龄相差 21 岁，性格迥然不同，但却宣告彼此相爱，仿佛这是他们晚年最大的成就。不过，与他们俩一起交谈往往像是同时展开两场怪异的毫无关联的对话，一场是与海伦，一场是与豪伊。他们不是补充彼此的话，而是等着对方停下话头，然后飞快地扯到另一个方向。或者根本就不等，直接抢过话就说。

那年冬天，我和一个通过工作认识的女人刚好交往了一年，那是我自 1980 年以来首次有了新恋情。她来自肯塔基州，工作上很拼。我在朋友的鼓励下邀请她去听歌剧，即便那时，我们也不知道这算不算是一次约会。也许我没有讲清楚，我当时独自住在一套无法独立负担的大公寓里，还没离婚，正试图弄明白中年人的爱情应该是什么样。那种境况下，擦出火花当然比较慢，期望值也没有那么高。我们没有争吵，这对我来说很新鲜。我们对彼此的要求也不高，所以我们得到的都是意外惊喜。如果以老人们为参照，我还能再活30—40年；我试着想象自己对伴侣有什么要求，或者我能给伴侣些什么。

有一天，海伦在她的房间里对豪伊微笑着说："这是一种不同的爱。"他戴着她给他做的铜质珐琅吊坠，她别着他给她做的胸针。她说："第二次更美妙，更亲密。比如，豪伊有时候不喜欢我看的电视节目，就会乖乖到隔壁他的房间去，等我看完了给他打电话说'回家吧'，他说'马上就来'。"

尽管他们醒着的大部分时间待在一起，而且住处相距咫尺，但电话在他们的关系中发挥了关键作用。7月的一个夜晚，他们正在看电视，海伦睡着了，豪伊亲吻她的双颊道别。他说："我在门口说'晚安，亲爱的，明天早上见'。然后，我给她打电话说，'我从来没有像爱你这样爱过别人'。"

海伦要豪伊给我讲讲他大学毕业后遇到的那次改变他人生轨迹的车祸。她像在炫耀男朋友的成就似的说："他昏迷了9个星期。"

将近50年后，豪伊组织语言仍然很缓慢，中间会有停顿。他不紧不慢地讲述了1968年的一天发生的事情。豪伊和一些朋友开车向南行驶，去田纳西州杰克逊县看一场篮球赛。当他们避让一辆卡车时，迎面撞上了一辆向北行驶的汽车。坐在副驾驶座位上的豪伊被撞得最严重。他说："别问我被甩到哪儿去了。你猜猜看，我是从挡风玻璃出去的还是从车门出去的？"医生给他施行了紧急气管切开术，打开他被压扁的气管。他的大脑受到的损伤到底源自事故发生时的冲击力还是缺氧，他没有详说。

他讲述这段经历的时候，海伦满怀同情地听着。然后，她递给我一块巧克力。

她说："我来这里的时候瘦得皮包骨头。现在，我差不多有63.5千克了。"

豪伊似乎没有注意到。他向我展示自己的吊坠，是一枚中间镂刻着卫星的圆环。他说："这是海伦做的，她是我生命中独一无二的女人。"

海伦说，豪伊也可以吃一块巧克力。她说："我跟男人合得来，跟女人合不来。"然后，她转向了我："我希望你的女朋友是个好姑娘。你有孩子吗？你明天要再来啊。"

我们刚刚认识了差不多半小时。对海伦来说，界限是不存在的。我很快就知道，她女儿也是这样。

豪伊沉默了一会儿，然后，他说："我真希望我们已经结婚了，可我们没有。"

海伦想让我增进一些对豪伊的了解。她说："他话不多。有时候他可以在我身边坐一个小时，一句话都不说。我会说，豪伊，你还在吗？没关系，有你在就好。"

她提示他："告诉他，你上过大学。我没上过，我母亲觉得我不是上大学的材料。"

海伦深深地吸引了我。自我父亲2004年去世后，我母亲从未表露出约会其他男人的意愿，她那幢老年公寓楼里的朋友都是像她一样的寡妇。我无法想象我母亲是别的样子。另一方面，海伦很看重自己吸引男人的能力，尤其是在女人远比男人多的地方。她穿衣精挑细选，化妆精致，佩戴女儿给自己的珠宝；她说她还想注射肉毒杆菌。

海伦说："我每天早上都涂口红，我想让等着吃药的人妒忌，我总是挺好看的。"

她59岁的女儿佐伊觉得她应该低调点。这是她们谈话的固定主题。她说："但是，其他好看的人也是这样，您觉得呢？"

"不对，谁都不好看。"

为什么有些人老了之后就丧失了对伴侣的兴趣，而有些人却把伴侣放在中心位置呢？年过85岁之后，只有27%的美国人有伴侣，有40%的人独居；有不到1%的人与未婚伴侣同居。在那个年龄群体当中，女性与男性的比例是2∶1。鲁思和黄萍像我母亲一样，都说在丈夫去世后，她们从来没想过谈情说爱。弗雷德经常谈到这个，甚至还勾搭附近超市的收银员，看看哪个最漂亮。但他在这个年纪想要的并不是真正恋爱关系中的交往，他已经心有余而力不足了。乔纳斯的婚姻结束于2004年，2007

年又找到了第二春，14 世纪的人文主义者彼特拉克曾在一年时间里每天给爱人劳拉·德诺弗写一首诗，在彼特拉克的启发下，他制作了长达一年的视频日记作为纪念。但是，乔纳斯的恋情结束了，他编入“365 天拍摄计划”的这些日记没有暗示其性质或结局。我一度考虑试着撮合约翰·索伦森和我母亲楼里一位失去了共同生活 59 年的伴侣的男子，但他们俩都没有心情谱写新篇章。

海伦和豪伊以某种方式迈出了其他人不曾或不愿迈出的一步。这可能看似简单，但却是极为关键且有风险的：要照顾另一个人的需求，并且知道需求有增无减，而他们满足这些需求的能力却只会逐渐降低。伴侣中总有一方会比对方先离开，也许很快。海伦很怕抛下豪伊，但反过来的情况更不堪设想。与此同时，恋爱意味着适应彼此的习惯和癖好，也就是意味着妥协。我有时觉得，他们爱上的是恋爱的感觉，以及由此形成的状态。他们是豪伊和海伦，是那一对，所有人都知道。海伦 5 月宣布想结婚的时候（她说“或许在夏天”），那意味着另一个级别的风险和责任。

至少我是这么想的。

她说：“我这个年纪做什么都不嫌老。性，永远不嫌太老。”

也就是说她有兴趣？

“当然。”

他们已经做了吗？

“没有。”

她想做吗？

“我想是吧。我们得等他做完疝气手术再说。你在问我非常私人的问题！给我们讲讲你和你的女朋友吧。”当海伦的女儿佐伊参与讨论结婚的问题时，事情却搞得更复杂了。

从被人需要中获得回报

海伦·奥尔巴克上幼儿园的第一天就认识了伯纳德·摩西，在他 1946 年从“二战”中服役归来后，她跟他结了婚，当时她 22 岁。她说：“我从来没有机会找男朋友。我丈夫说，‘你要跟我结婚’。我们从小学、初中到高中一直在一起，然后他去服役，他回来的时候，我们就结婚了。”他是一家男装厂的剪裁工，抽幸运牌香烟；她养大了三个孩子，据她女儿说，她是“最好的妈妈，最差劲的厨子”。她先是在牙医诊所工作，在大儿子上大学后去了盖璞（GAP）集团。丈夫 2001 年去世时，她不想再约会别的男人。她说：“我太忙了，没时间寻欢作乐。我没想过这种事。跟我一起毕业的人都不在了，他们都已经死了。”

有一次去探望时，我问她有关约会的事，她说：“没人邀请我。我当时想，我还不如死了算了。”

豪伊·蔡默上大学时交过女朋友，但出车祸之后就没有认真约会过。然后，到他60多岁的时候，事情发生了变化，他认识了一个名叫谢尔·汤普森的女人。他说："我觉得这姑娘跟我是天生一对。"他还记得她叫蒂娜。她当时快30岁了,脸上长着雀斑，两只棕色的眼睛相距很远，鼻梁上有拳击手那样的突起。他们2008年结婚。2010年，她承认从豪伊和另一名男子那里偷走了超过10万美元。她告诉法庭："我要对约翰·格兰特和霍华德·蔡默先生说，我很抱歉给你们带来了这么大麻烦。"豪伊记得法官名叫什洛莫·哈格勒，并且说"他真是个好人，对我很体贴"。

海伦插话说："你说什么呢？"

海伦先住进了这家养老院。她步行去商店买牛奶的时候中风了，有人在她住处附近的医院后面发现了她，她已不省人事，胳膊严重骨折。她当时84岁，习惯于每天上班前散步两小时，速度快得连女儿都跟不上。海伦说："我喜欢散步。尤其是我们在罗克兰县住的那个地方，那些树上的叶子美极了，现在花都开了。我真怀念那里。"她喜欢自己在盖璞的同事。但是，在那次中风和胳膊骨折后，海伦突然无法照顾自己了。

她的女儿佐伊说："我不得不恳求她使用助行器，但她不愿意用。"

海伦不爱听这些话。她说："我可以拄拐杖走路。我用那种难看的助行器没法走路，比如，那种银色的，我用不好。那让我看起来躬腰驼背。”

海伦后来试过跟小儿子同住，但几乎马上就开始吵架。到我认识她的时候，他们俩已经有 6 年多不说话了。她说，如果她真的和豪伊结婚，她不会邀请儿子来参加婚礼。她认为修复关系不是她的责任。“每到母亲节，我都想，‘今年他会给我打电话的’。可他没有。”

在这家养老院，她认识了一个名叫保罗的男人。这个人在铜珐琅作坊做了一个手镯，送给她作为求爱的表示。她说：“他送来的时候还附了张字条，写着‘七点半到我的房间跟我见面’。我心想，搞什么鬼？”

然后呢？

她说：“我去了，我们还一起看电视。后来，来了另一个姑娘，他更喜欢她，但我给了他点颜色看看。”海伦似乎经常尝试以不同方式讲述同一个故事，以加强效果。还有一次，她在讲到保罗的时候说：“我很高兴他找到了更喜欢的人，他现在病得很严重。”

豪伊比她晚来 4 个月，住在离她不远的房间。海伦很有魅力，正在恢复状态，那种活跃是他所没有的。他说，他立刻就被她迷住了。海伦对他则没有那么动心。

她说：“我看不上他。”海伦说话往往容易走极端，要么恨，要么爱，有时会在同一次谈话中从一个极端转向另一个极端，“我们坐在电视室里，他问我能不能拉着他的手，我说，‘不行。我做不到。我不认识你，你也不认识我。你的胆子真大，居然向我提这样的要求’。”

但豪伊坚持要这样，他说：“我喜欢她外向、令人愉快的性格。”

海伦说：“他一刻都不放过我。每次我一转身，他一定在我旁边。”

他们很幸运，因为在他们所住的养老院的这一侧，住户们格外友善亲密。邻居们经常互相串门，老住户会照应新来的。希伯来之家的平均居住时间仅为两年，其中相当一部分时间是衰退的过程，所以必须快速建立友谊。海伦在这种环境中如鱼得水。她女儿会定期来探望，给所有人买食物。海伦与一个善良的女人同住一间房。她说：“她拿我当她的孩子一样照顾。她真是个好人。她去世的时候，我大哭了一场。”

海伦说：“我一开始就喜欢这里，我非常喜欢这里。然后，等我认识了豪伊，我就真是特别喜欢这里了。”

豪伊刚刚经历了母亲去世和与谢尔·汤普森之间的灾难。对他来说，尽管海伦表面看起来脾气很大，但性格活泼，心思细腻。他说：“我觉得她可能会是我今生的挚爱，后来证明，她确实是。我想成为她快乐家庭的一员，因为我基本上没有亲人。”

海伦发现豪伊从来不说其他住户的坏话，而且他需要别人照顾。有个监护人会来探望他，但他没有亲人。此外，他喜欢大都会队，她也喜欢大都会队；他讨厌洋基队，她也讨厌洋基队。在电视室，她让他拉着自己的手。

她说："从那以后，我们总是拉着手。我觉得他很不错。"

不久之后他们就接了第一次吻。海伦说，她一直在期待那一刻，她希望他吻自己。她说，妙不可言。

豪伊是个疯狂讲究细节的人，他说："你知道我们当时在哪儿吗？我们在走廊那头的客厅里。"

海伦说："他们把我们赶出去了，他们说我们不该待在那里。"她讲到自己惹恼别人的时候总是很高兴。

她说，第一次接吻之后，接下来的吻"就是自然而然的事了。这成了我们生活的一部分，妙极了"。豪伊当时还能自己走动，但养老院的工作人员很快就安排他坐了轮椅，以降低摔倒的风险。他与海伦的关系继续发展。

认识他们之后，我纳闷除了豪伊显而易见的爱慕之外，海伦从这段关系中还得到了什么。她比豪伊活动自如，谈话也更流畅。豪伊半天说不完一句话的时候，海伦似乎就无视他了。但是，他们的关系显然使两个人都得到了滋润。海伦拥有在57年婚姻生活中积攒下来的知识，其中包括她丈夫分五次做完心脏搭桥手术后的13年。鉴于我刚刚离婚，而且正在开始一段新关系，我想知道，她对爱情有哪些独到的了解。她给我的建议很务实："要省钱，因为所有东西都很贵。”

她也很确定什么东西才是重要的。她失去了从幼儿园开始就是她生活中心的男人，后来又看着养老院的朋友们死去，但她还是在设法继续前进。当我问她人生的价值何在时，她毫不犹豫地说：“我有豪伊，我知道晚上是属于我们的时间，我很高兴他晚上会过来。我看着时间，到了豪伊该回去的时候，不用他们敲门来催。”她说，在相爱的6年里，他们从没吵过架。她说：“你想知道为什么吗？因为我说了算。对吧，豪伊？没错，就是这样。等我送你回家吧。”

海伦喜欢别人关注，而且知道怎样获得关注。她经常提到自己与护士发生了多少争执。但是，她从豪伊那里得到了别的，她可以为他做出牺牲。自从她的孙辈长大成人之后，她从未感到有人像豪伊那样需要她。一天，当海伦对佐伊与豪伊之间的紧张关系感到烦恼时，她一度有些不知所措。这对她来说是一种非常不寻常的情绪。她说：“那么，告诉我们该怎么办，我需要有人指点。豪伊和我，我们的生活会是什么样？我这辈子从来没有什么成就。我养大了一个女儿和两个儿子；一个儿子不理我了，已经快7年了。这就是我的成就。有时候我会想，我为什么会变成这样。我不知道为什么。”

跟豪伊在一起，她还有用。豪伊的能力越差，她越能多为他做点什么；他越需要她，她得到的回报就越多。他们的不对等

（所有使他们成为不般配的一对，以及使海伦的子女抵触这段关系的因素），让她的生活有了方向和目标。她不是在为豪伊牺牲自己，她是在重新开始扮演使她的大部分人生具有意义的那个角色。海伦不同于想要改变伴侣的年轻恋人，她并不指望豪伊有朝一日给她更多。她不是生活在未来，没有寄希望于将来会更好。那不是关键。

她说："我照顾他。因为他是独生子，没有亲人，他的父母去世后，他除了我就没有其他亲人了。我努力成为他的一切，我想我是的，我对他就像母亲一样。"

研究人员在多项研究中发现，感到对别人有用的老人会活得更久、更好，缺陷较少，行动能力更强，更能适应关节炎的疼痛。海伦不知道这项研究，但她会洗衣服。她有一天说："我给他洗衣服，我把衣服拿到楼下的洗衣机那里去。别告诉我女儿，那我就完蛋了。我还不想完蛋呢，我还要再活三年。"

在她人生中的许多时候，她都扮演着使她获得认可的角色。她喜欢打扫卫生（不是烹饪，而是打扫卫生）和照料自己的三个孩子，她继承了母亲的优点。她说："我母亲真是个好女人。不管我们带谁回家，她总有足够的东西给他们准备晚饭。'坐下，吃吧。'她不是特别喜欢我丈夫，但能容忍他。她是我最好的朋友，干活特别卖力气。我看着她变老，我爱她。"

佐伊说，海伦也是这样——爱她的朋友，恨她的男朋友。佐伊说："所有孩子的聚会都会邀请她参加。"

在我们那一年的谈话中，海伦几次在谈到 1969 年去世的母亲时痛哭失声。海伦说："我还会梦见她。"她的父母 20 世纪初从俄罗斯迁到纽约市以北一个开发较少的地区，随身携带着一个冰箱和给房间加热用的煤炉。她父亲在服装行业工作；母亲养大了海伦和三个姐妹，所有孩子都是金发美人。海伦说："你看到我们当中的一个，就等于看到了所有人。"母亲中风后，海伦和姐妹们照顾她。海伦说："我晚上经常跟她睡在一起。因为我太爱她了。那是最难熬的一段日子，我总是怕她会死。"

她说："失去母亲的时候，我不知所措，觉得失去了一切。"

对海伦来说，变老意味着先是目睹母亲死去，然后自己不再扮演母亲的角色。现在是她的女儿在照顾她了。海伦在房间摔倒后的一天，佐伊说："抱歉，妈妈，这就像是又有了一个上学的孩子。我在重新经历我为女儿所做的一切，还有您为我所做的一切。这绝对是一种全新的局面。"

海伦摔倒使她明白自己的角色已经发生了多大的变化。那是早晨 6 点，她正要去拿药，她说她起得很早，是"因为我不想晚到"。她突然摔倒在地，爬不起来了。"我使劲敲啊敲啊，但没人听见。我躺在地上，用尽全力爬到门口，我打开门说'帮帮我吧'。他们弄来一个轮椅，扶我坐上去，把我送到医务院。我每天去做康复，他们只让我做一个星期。佐伊数落了他们一顿，于是他们又给我加了两星期。”

海伦在这段母女关系中的角色有了变化，她似乎不再是母亲了，现在她得听佐伊的，就像佐伊从前听她的一样。海伦说：“她时刻都管着我。她总是打电话问：‘您今天锻炼没有？’我有时会撒谎。我不喜欢撒谎，可有时候不得不撒谎。我来这里之前，她根本没有机会这样做。她来的时候会说‘天哪，妈妈，您的肚子太大了’。她不会客气。”当我指出佐伊说这些话是出于爱的时候，海伦的情绪并没有缓和。她说：“我总是说‘别这么爱我。我不会永远在这里的’。她说：‘您要去哪儿？’”

去看望海伦要坐很长时间的火车，我经常在返回的途中思考我自己的婚姻。我们在婚姻中把大量精力用来抚养儿子，他长大成人后，我们没有其余东西可以替代。我们需要一种新的相处方式，转换新角色，但我们太疲惫或者太死板了，所以没有找到这种东西。我妻子若无其事地提议离婚时，我正站在厨房的水池边。我甚至没有停下手中洗碗的动作。我们是一辆没了油的汽车，因为在路上开了很远很远，所以到处是伤。抬脚走开是个轻而易举的决定。我感到筋疲力尽，而不是若有所失；我意识到，该失去的多年前就失去了。

英国艺评人特里·伊格尔顿写道，人生的意义在于学会形成互惠互利的关系，就像爵士乐团里的音乐家一样，他们通过为自己创作旋律来为其他乐手创造开场旋律。他说，爱“意味着为对方打造可以让他幸福的空间，与此同时，他也为你打造这样一个空间。每个人的满足感都会成为对方满足感的基础。当我们通过这种方式实现自己的本性时，就处于最佳状态”。佛家理念认为，爱就是希望你所爱的人快乐。这或许是对该理念的一种更热切的表述。我和妻子离异后，我试着用过一次伊格尔顿的方法，说我们的婚姻是在我们不再试图帮助彼此达到最佳状态的时候毁灭的。她说，不，问题在于我是个浑蛋。她看问题通常是对的。她还相信零和博弈[1]。尽管豪伊有着种种缺陷，却为海伦做到了这一点，海伦也同样为他做到了这一点。所以他们在一起是一加一大于二。

如果我和老人们相处的一年也是个爱情故事的话，以下是我需要吸取的教训：

在一段关系中，有时索取（允许对方为你做点什么，而不是坚持要自己做）也是一种给予。友谊或商业关系也是同样道理。真正的宽容包括能够让别人宽容。豪伊没有多少选择，因为他真的需要海伦对他的照顾，鉴于双方同样接受这种安排，我们仍然可以从中学到一些东西。在随时有看护可以为他提供一切服务的情况下，豪伊还是给了海伦为自己做事情的机会。

1　零和博弈（zero-sum game），又称零和游戏，与非零和博弈相对，是博弈论的一个概念，属非合作博弈。它是指参与博弈的各方，在严格竞争下，一方的收益必然意味着另一方的损失，博弈各方的收益和损失相加总和永远为“零”，双方不存在合作的可能。——编者注年老意味着在某个环节会迫使我们接受别人的帮助。这也许会令我们的自尊心受挫，感到难以接受，因为它意味着必须承认我们无法掌控一切。但是，这也给了帮助我们的人某种宝贵的东西。对海伦和豪伊来说，这使他们摆脱了会损害关系的破坏性思维——不断质疑你是否给予得太多或者得到的回报太少。当然，他们互相给予得太多了。他们不接受其他任何方式。

在那一年里，他们的结婚计划变化不定，佐伊始终在发挥阻挠作用。这是三个人之间的舞蹈。海伦和豪伊都知道这家养老院是自己的最后一站，他们想在剩余的时间里尽可能过得美满。他们已经活得比搬进来时认识的大多数人更长。每当离开的时候，我都觉得自己还会回来见他们，但我无法确定。

海伦有天说："我从没想过变老这件事。但是，我确实已经老了。90 岁就是老了。人生过得太快，我还记得自己 13 岁的时候。我那时候每天回家吃午饭。我下山的时候说：'嘿，我已经 13 岁了！'瞧瞧我现在，90 岁了。没什么大不了。"

她说："50 岁的时候，是我一生中最可怕的日子，因为我变老了。可现在，一切也没有那么糟，因为我认识了豪伊。"她朝着豪伊的方向做了个亲吻的动作，"谁也别想对我发号施令。"

从里弗代尔返回的火车沿着哈得孙河东岸向南驶去，下午的阳光斜斜地照进车窗，我会在旅程开始的时候回放之前几小时的谈话，这时听的好处是和被访者拉开了一点距离。90 岁的年纪，生活在养老院，但海伦为自己打造的生活比我认识的只有她一半年纪的人更充实，也更有目标。对于她最在乎的两个人来说，她是不可缺少的。她和豪伊会结婚吗？他们会做爱吗？这些问题构成了巨大的叙事张力，但在她的生活中似乎不那么重要。爱豪伊和佐伊，并且被他们爱，意味着爱她现在的生活和现有的身体，也就是它们当下的样子。

这似乎是我发现的对快乐的最准确定义。海伦找到了需要她的人；她满足了他的需要，她接受了他的爱作为回报。双方都因为给予对方需要的东西——也就是让对方幸福——而感到幸福。这不是个简单的方式，但却是我可以在自己的关系中努力争取的方式。快乐并不神秘，就是珍惜我们生活中已经拥有的东西。快乐就是养老院里的老妇人有个坐轮椅的伴侣，第 19 遍为她讲同样的故事。

怎样才会快乐？可以这样开始。接受别人给你的所有善意，并且尽你所能地给予回报。让一个朋友请你吃午饭，然后帮他个忙作为报答。你可以从你获得的好处中受益，但能够从你给别人的好处中受益更多。不要对需要你的人感到不满，要感谢他们让你帮助他们。放弃对自立自强的执念。关于快乐的哲学充满了迷思，我无法自然而然地领悟，即便在我写这些的时候，似乎也没有完全清晰地理解。但是，我在海伦和豪伊身上一次次地看到了它的作用，我发现，它确实有用。

快乐不是天赋，它是智慧。

回程的火车通常不怎么拥挤，是养老院与熙来攘往的中央火车站之间的缓冲区，那种缓慢的摇摇晃晃，把整个下午包裹在一个柔软的茧中。白天过去了，没有完成的一切仍将是未完成的状态。如果旁边没有人，我会给女朋友打电话报平安，如果那天过得愉快，我会记着告诉她，我爱她。在探望过海伦和豪伊并且看到他们互相支撑的奇特方式之后，回程那天几乎总是愉快的。

Lessons
from a Year
Among
the Oldest Old

第五章

独居的问题

数据显示，独居的人有更多的健康问题，抑郁和早亡的可能性更大，与社会脱节的风险随年龄增加。过去，比配偶活得长的老人可以指望子女或其他亲戚陪伴，但如今，只有1/5的85岁以上老人与家人生活在一起。

“至少我现在不用再担心惹麻烦了。”

看着海伦和豪伊，我们很容易觉得他们找到了他们这个年龄的所有人想要的东西：第二个（或者第三个，或者第九个）爱的机会，新开端，日夜相守的伴侣。浪漫的爱情、性、友情——无论我们多大年纪，这些都最令我们动情。数据显示了冷酷的事实，独居的人有更多的健康问题，抑郁和早亡的可能性更大，与社会脱节的风险随年龄增加。过去，比配偶活得长的老人可以指望子女或其他亲戚陪伴，但如今，只有五分之一的 85 岁以上老人与家人生活在一起。当我爬上弗雷德·琼斯独居的那套公寓的楼梯时，或者坐很长时间的地铁去郊外的鲁思·维利希家时，我原本以为会看到这种隔绝状态所带来的影响，老年学专家把它与吸烟的危害相提并论。

但需要重申的是，这些老人令我惊讶。尽管他们抱怨生活中缺少其他东西，但没有人表示想要个伴侣。

当我问到找个伴侣的可能性时，弗雷德说：“哦，不，我得慢慢来。”就在几天前，他刚过了88岁生日。他吹嘘说，有两个女人为了单独陪他过生日而吵了起来。到最后，两个人都没出现，他独自过了生日，但他似乎并不感到失望。他说，随着年纪越来越大，独自生活更适合他。他的时间是自己的，他不用迁就别人的习惯或口味。如果他想熬个通宵或者白天穿睡衣，身边没有人会阻止他。他的上一个同居女友1979年离开后，他发誓要等5年再另找一个，然后这个期限延长到了10年。再然后，随着更多的时间过去，他发现自己喜欢独享整个公寓。

他说：“我从来不想安定下来。我总觉得别处还有更好的东西等着我。我说，等过了55岁再说。可是，55岁很快就来了。我说，等到过了60岁，我就结婚安定下来。然后60岁和70岁很快就来了，我却没做到。现在，我偶尔会跟一个姑娘约会，她有一辆车。我走路不太利索了。我跟她说，瞧，你从我这里唯一能得到的就是我最喜欢的菜——中餐。没有性，甚至没有浪漫的吻。我拍拍她的脸，也就是这样了。”

我想，弗雷德可以有个伴侣：有人一起吃饭，分摊花费，给他散播魅力的机会。他是个喜欢接受别人奉承的人，经常让我想起他曾以衣着时髦著称，是个“醉生梦死的人”。尽管他在我探望期间总是兴高采烈的，但我很想知道，他在没人造访的漫长日子里是什么状态。如果他有个伴侣，他们就可以一起去教堂或者散步，重新发现性的愉悦。这还将迫使他过更有规律的生活，可能会稳定他的饮食，帮他记住吃药的时间——所有这些都能遏制导致他脚趾溃疡的糖尿病，也许伴随伴侣而来的，甚至还有一套带电梯的公寓。

弗雷德坚决不肯。他说："我哥哥生我的气，他说'如果她长得漂亮，又有房子，你就跟她聊聊'。我可没这么干，我现在不想这么干。如果我感觉还行，那可以试试。如果我感觉不好，那就算了，我不想照顾别人的情绪。"此外，他还说，"她们大多数人对我来说太老了。"

弗雷德的情况比较复杂，因为他经常要我帮他搞定他以为我认识的"一个漂亮妞儿"。他说："也许我还能说服哪个女人来跟我住，让我时不时地拍拍她的屁股。"他能感觉到公寓里的杂物越来越多，尤其是在他女儿病得很重、不能定期来探望他之后。作为长期驱动他生活的要素，性已经丧失了对他的控制力，他也丧失了对性的控制力——这是慢性糖尿病的常见副作用。他说："我从没想过自己会讨厌性。过了 78 岁生日之后，我有过几次机会，可我只是抚弄了一下乳房，也就这样了。我就是不想要了，至少我现在不用再担心惹麻烦了。"当我问他 89 岁有什么愿望时，性是其中一项内容，但只是间接提到而已。

他说："争取每天吃三顿饭，跟女人们说说话。探望她们，也许是她们探望我。去教堂，夏天站在楼下的大门口，看女人们下班。我只想活着，保持快乐。希望我哥哥继续好好活着，我能多去探望他。”我跟弗雷德相处的时候，这些他一样都做不到。

对社会接触丧失兴趣

关于老龄的一个格外有害的错误认知是，人不再工作或者做爱——这几乎是你说到美国人的时候最不屑的两件事了。但是，两件都未必属实。老人之间的爱是让许多人感到恶心的话题，涉及性的时候尤其如此，如果这些老人碰巧是你的父母（这很有可能），那就双倍恶心。松弛的皮肤，脆弱的骨骼，血液循环不佳，越来越健忘——这些可不是“维多利亚的秘密”广告或者文艺爱情片里大肆宣扬的东西。我母亲那代人很少看到自己的父母年老之后再婚或者约会，许多人活到八九十岁也没有多少恋爱经验。他们早早地结婚，然后维持着婚姻关系。在芝加哥大学的一项名为“社会生活、健康与老龄化全国项目”的研究中，只有五分之一的75—85岁女性说，她们一生中有超过两个性伴侣，而这样的男性有一半。所以如果在他们这个年龄还有可能遇到新的爱情，他们也没有榜样去效仿，只能自己去开拓一条路。

社会学家预计，已经发动过一场性革命的婴儿潮一代将会带来巨大变化。但有些老人始终享受着活跃的性生活。印第安纳人学性健康促进中心2010年的一项研究指出，20%—30%的男性和女性直到80多岁还保持着活跃的性生活。（值得一提的是，70岁以上男性提供口交比接受口交更频繁，女性则两种情况都比较少，最大的可能是因为她们比配偶活得久。）

但是，随着年龄增长，性可能会引起新的麻烦。过了85岁，有超过四分之一的人表示，他们存在某种认知困难。更多的人长寿到足以罹患失智症，失智状态下的性引出了我们刚刚开始努力解决的许可问题。失智者往往会住进养老院，但许多养老院迟迟没有起草正式政策，告诉工作人员该如何与想有性生活的住户打交道，更不要说向住户及其家人传达相关准则。于是，性变得像死亡一样：大家会接受，但没有人会谈论，至少不会在公开场合谈论。

海伦和豪伊生活的养老院（里弗代尔的希伯来之家）在该规则以及许多事情上是个例外。这家养老院早在20世纪90年代就制定了鼓励住户（包括有阿尔茨海默症的住户）建立亲密关系的政策，也允许有露骨性描写的文学作品或视频存在。护士会留意可能表明一个人在关系中感到不快的行为变化，比如，胃口不佳。（工作人员还每个月举行宗教仪式缅怀去世的住户，这在养老机构中就更少见了。）最近，该机构增加了约会服务，名叫“祖-约会”，也就是“祖父母约会”，但没有受到热捧：根据最近的统计，在该机构的870名住户当中，只有大约40%

在恋爱。许多人照顾配偶时经历了漫长而耗尽感情的走向死亡的过程，不想再来一次。

鲁思·维利希对此深有体会。我开始探望她的时候，她丈夫已经去世 21 年了，她在那期间从未约会过。当我问她年老后被迫放弃过什么，她停顿了一下，然后说：“显而易见的当然是性，但这并不令我感到烦恼。我以前喜欢散步。”她很清楚地表明，她更为不能散步感到惋惜。

老年学专家经常为鲁思这样的人担心，她独自生活，选择不参与集体活动，包括自己一度喜欢的活动。纽约市老人局的专员唐娜·M. 科拉多说：“与社会脱节是会要命的。人们不外出，不吃东西，不吃药，会早早就死去。”我探望鲁思时，她经常提到最近考虑过但最终放弃的一次外出或者健身课。对她来说，快乐的社会生活就是她离开原来的住处后失去的生活。

不过，也有可能他们只不过是随着年龄增长而对某些类型的社会交往丧失了兴趣，转而把精力用在他们觉得更有意义的人和关系上。鲁思有时为子女和孙辈操心，但她从未提到过感觉孤单。社会学家认为这是一种治疗：由于来日无多，老人们试图用支撑他们的人来填补这段时间，放弃了让他们感到厌倦或提出要求的人。他们不再建立新关系，而是更多地依赖原有关系。对他们来说，找到伴侣不像保持牢固的社会关系那么重要，而且新的关系只有在积极正面的时候才珍贵；如果处在不良关系中，或者需要花时间与不讨喜的亲戚相处，对老人的损害并不比年轻人少。正如劳拉·卡斯滕森所写的那样：“不良关系的坏处可能比良好关系的好处还要大。”

鲁思在布鲁克林区的布朗斯维尔社区长大，那里一度被称作“美国的耶路撒冷”，有70多座犹太会堂，居民包括梅尔·布鲁克斯、丹尼·凯、诺曼·波德霍雷茨和杰里·斯蒂勒。那条街没有铺路，同一街区有个女人养了一头山羊。鲁思和海伦一样，在童年时代就认识了自己的丈夫，她从来没觉得有必要约会其他小伙子。她当时11岁，他是同一个社区的朋友，出生于一个“大萧条”期间拒绝靠救济金生活的贫穷家庭。他们一直在一起，直到战争把他们分开。

鲁思与海伦不同，她一直想接受高等教育并且做一番事业。她在四个孩子当中年纪最小，是家里的叛逆者。鲁思16岁时，她班里的男同学都上战场了，她则去了当时免费的布鲁克林学院读书，学习细菌学。她在战争期间与未来的丈夫互相写信，他回家时，他们就结了婚，搬到了法罗卡韦的海边居住。他们经历了战后繁荣期，养大了两个儿子和两个女儿。

我认识91岁的鲁思时，她有一条腿动脉堵塞，丧失了一部分行动能力，但还是充满了求知欲，偶尔跟丈夫去世后认识的朋友联系，每天与子女联系。她说：“每天上午，我得给这四个孩子每人发一封电子邮件。如果我不发，他们就会打来电话：‘妈妈，您没事吧？’我跟他们说，你们有什么好担心的，在这个地方，会有人照看我的。”如果她的网断了，她现在知道要赶在孩子们担心之前给他们打电话。

鲁思下决心年纪大了之后也不娇气。她的白发剪得短短的，平时出门之前会熨衣服，但她梳妆打扮主要是为了得体，而不是赶时髦。一条熨平整的连衣裙就像干净整洁的家——这是她能够掌控的，表明她拒绝放弃。她吃 8 种药，包括治疗偶尔出现的眩晕症状的抗抑郁药，但总体来说，她的健康状况不错。她发现自己不用去图书馆的任何分部就能让人把书送来。我每次去探望的时候，她都在看新书——她不参加社交活动，也不参加楼里安排的旅行，只喜欢安静地看书。

她有一天问："我想活到 100 岁吗？不是特别想。说实话，我活到 90 岁就很满意了。我很想知道自己会因为什么而死。所有我们这个年纪的人都说，想死得快一点。我们要为孩子着想，不想变成他们的‘负担’。还有，我们也不想受那么多罪。每当我身体不舒服的时候，我就在想：‘会是癌症吗？会是我的心脏又出了问题吗？我会不会一下子就倒地死掉？’我真的就是在想这些，但我并不感到担心。”

她说，她没有思考过变老这回事，“因为那真的会让我抑郁”。

鲁思与其他人的不同之处是，我可以跟她谈论我母亲。她们都是受过教育的职业妇女，都生活在纽约，又都与纽约有点格格不入。她们都在市中心以外养育子女。鲁思来自不复存在的布鲁克林区，我母亲来自宾夕法尼亚州的荷兰县，在新泽西州把自己的三个儿子养大。两人都尽心尽力地扮演了妻子和母亲的角色，如今却不知道该去哪里寻找让自己觉得有用的角色。她们在丈夫去世后都没再约会过。

鲁思说，现如今，她很怀念被需要的感觉。她的孩子都长大成人了，她的孙辈也基本不需要她。有一天她说："眼下这个时候，活着对我来说还有什么意义？"随着时间的推移，我逐渐知道，她在冬天情绪总是比较低落，因为白天很短，气候寒冷。这个季节让她感觉到了自己的苍老。她说，除了给孩子们打电话表明自己尚在人世之外，她如今没有其他责任了。她说："也许我怀念的就是这个。细想一下，现在真的没有人需要我了。当然有人照顾我，我知道他们非常爱我，我能感觉到。但除了在力所能及的时候资助他们一下，我没有任何价值……我想这是活得太久的问题之一。"

不过，她明确表示不想再与男人分享生活。她和丈夫在一起的生活主要围绕家庭和工作展开，他们把四个子女都送进了大学。当她丈夫 50 岁出头就患上四期淋巴癌时，鲁思陪伴他完成了难熬的化疗，并扛过了导致皮肤起水泡的致病性带状疱疹。经过治疗，她丈夫战胜了癌症，又健康地活了 10 年。这段时间是他们始料未及的。当他在 1994 年患上胰腺癌时，这次疾病也对她造成了伤害——她在他住的斯隆·凯特灵纪念医院的病房里突发心脏病，丈夫在那一年的年底前去世了。

她说，在那之后，“我根本没想过要再照顾别人，我从没有起过这个念头”。

那一年里，我偶尔会向鲁思问起她照顾患病的亲人的那些年——不光是她丈夫，还有她母亲与一个得了阿尔茨海默症的姐姐。鲁思把自己的付出说得轻描淡写，她说：“如果你这样做是出于爱，你就不会真的很当回事。朱迪说：‘妈，您不记得了。’我想我生来就是照顾别人的人，我从不抱怨。”

对鲁思来说，婚姻给了她数十年有人陪伴的生活和四个子女。她和丈夫一起长大，一起变老；当她听到跟自己同龄的女性找到新伴侣的故事时，认为相比之下，回报微不足道，牺牲却太大了。要开始一段新关系并承担它所牵涉的所有责任，那等于跳入未知领域，而她生活中的不确定性已经够多了。她丈夫去世后不久，跟他们属于同一座会堂的朋友失去了妻子。这两对夫妻以前一起参加社交活动，有共同的兴趣爱好。他打电话邀请她吃午饭时，她能听得出来，他感到孤独，需要有人陪伴。她却不是这样。她忙于重建自己的生活，还在开车，在住处附近的一个社区中心结交了新朋友。她说：“我去跟他吃午饭了，但我对他没有什么兴趣。这种交往让我感到非常不快乐。我后来还有跟他见面，他真的需要有人陪伴，所以我最后说：‘瞧，这不是你的问题。’确实不是他的问题，我就是对别的男人不感兴趣。我从来没有过新的机会，但我不在乎。我爱我丈夫，我们的婚姻很美满。我觉得我的生活中没必要再有个男人。”

她补充说：“另一方面，有些女人真的想要有人陪伴。”

无法开始的新关系

鲁思的经历并不罕见。白头偕老的夫妇往往会说，他们的婚姻随着年龄增长而不断改善。他们对小分歧更能容忍了，不那么容易吵架了，事后更愿意彼此原谅。但是，开始一段新关系，尤其是在相伴多年的伴侣去世之后，是非常艰难的。更常见的情况是，老人们说他们需要关系网——有人一起吃早饭，有人能聊聊当下的事件，如此种种。在生活中建立起这种关系网的人在年老之后日子比较好过，但较晚建立也是有可能的。

有天晚上，在我母亲的公寓，我问她为什么在我父亲去世后从不约会。那时距离他去世已经将近 12 年了，在那期间，她丧失了行走能力，如果不使用助行器或者轮椅，顶多只能走几步，但她还像过去一样思维敏锐。一次，她要我给她买点大麻以缓解背痛，她认为违禁药品肯定比正在服用的止痛片更有效，但烟雾刺激了她的肺，所以她藏着不让看护发现的大麻一直没用上，也许到现在都没用上。我们谈到我父亲和他最后的日子，她对此的记忆与我完全不同。

我最后一次看到状态良好的父亲是 2004 年的秋天，在我位于东村住处附近的签名售书会上。他开车带我母亲从新泽西州赶来（由于他在一次去北卡罗来纳州的路上开着车睡着了，所以放弃了开长途车，但还开短途），在我的朋友和同事中间显得容光焕发。但是，回家之后，他晚上开始焦躁不安，梦游，对我母亲说胡话。他犯了两次心脏病，至少有过一次轻微中风，他服用了那么多药效重合的药物，所以行为的任何变化都可以被看作是药物作用。我母亲说："我以为他只是古怪。"但是，当他开始在房子里游荡时，我母亲发现情况可能比她预想的严重。万圣节前后，他在半夜突然倒下了，无法解释自己之前去了哪里。

每当我母亲有约会别的男人的想法时，她就会想到我父亲病倒后的六七个星期。父亲从医院搬到一家养老院去做康复，然后回家待了几天，接着去了另一家医院，而离开那里的希望非常渺茫。他的肾、心脏和肺都急剧衰竭，轮流加快着恶化的速度。所谓串联性医源病，就是说你身体机能的多米诺骨牌开始倒下了。他的大脑得不到充足的氧气，导致他经常迷迷糊糊的，会重复他在亚拉巴马州度过的童年时代的对话——相对于他所在的凄凉的医院病房而言，那倒是个令人愉快的替代。他有天告诉我，世界正在变好，他这样说的依据是他的三个儿子，他始终视我们为骄傲，但他以前从来不会表达得如此直接。在我印象中，这就是他对我说的最后几句话，但我还记得，在我试图重新把氧气罩扣在他脸上时，他很清楚地对我说："我快死了。"他的意思是说："你为什么要让我受这个罪？"

他的痛苦尚未结束。全家人讨论之后，我们授权医生在他的喉咙里插一根呼吸机软管，把富氧空气注入他的肺里。这意味着他不能说话，也不能吃东西或喝水。他现在不能动了，两眼盯着上方，双手被绑在身体两侧，以防止他拔管。我们都以自己的方式跟他告别。时间没有持续多久，也许是一两天之后，我们就要求医生把管子拔掉了。但我母亲从未摆脱对他最后几天的记忆，以及同意使用呼吸机的负罪感。

当我问她关于约会的事时，这是她提到的第一件事。她说："我不想再来一次了。你不知道你父亲去世的时候，我是什么感觉。他的状态糟透了，他受了那么多罪。其实，他最后一次进医院的时候，在进去之前告诉我，他想死。我很后悔让医生继续想办法救他。但是，你们几个孩子来了，你们说'我们想给老爸一切机会'。我没有勇气拒绝。"她说，"自从那次之后，我根本没办法再陪别人经历这么一遍了，看着太可怕了。"

我的父母都来自邻里关系亲密的社区，大多数居民都不会离开，他们是在格林威治村相识的，那里的所有人都不是本地人。他们出生在20世纪30年代，而养育他们的父母出生在20世纪10年代。他们看重独立、勤劳、节俭的品质，不愿引起别人的关注，就像我父亲在每次长谈中所说的那样，“极尽所能，充分发掘你的潜力”。我母亲是独生女，也是她宾夕法尼亚州的家里第一个上大学的人。我父亲离开亚拉巴马州去服兵役，后来再也没有回去。他们都更善于切断关系而非建立关系，他们把这些特点传给了孩子们。我不记得见过他们拥抱或接吻。

我母亲告诉我：“我的思想总是非常独立，也可以说是任性、鲁莽。我觉得自己在婚姻生活中一直都没有全身心地投入其中，但我当时有孩子，没有做任何事情的自由。我觉得自己喜欢独立，我有工作的时候比较快乐。”当我问她是否认为自己的婚姻很快乐时，她说：“我从没想过这个问题。任何婚姻当中，总有些时候你会想要退出。我们一起经历了太多事情，时间太久了。如果结婚很长时间，谁都会在某个时候想要退出。但最重要的是，婚姻是你许下的誓言，你不能打破这个誓言，不能轻易这样做。”

鲁思只专注于婚姻中的好时光，她觉得任何新关系都不可能达到曾经的标准，我母亲则只记着我父亲弥留之际她的悲伤，那是她不愿重复的经历。但是，结果是一样的。

我母亲有天吓了我一跳，因为她说一个男人曾经对她很有兴趣。那是在她搬进现在这幢楼的最初几年，也许是 10 年前，她特意说明，那其实没什么。他叫弗兰克，是爱尔兰人。他搬进这幢楼的时候，简直形销骨立。她说：“他搬进来的时候，看上去状态特别不好，所以我想没有别人愿意接受他。”她说，楼里的一些女人往往会围着那些外表体面的新来的男人，但弗兰克没有引起那样的关注。

“他掉了很多体重，我猜他可能刚生过一场大病。所以我开始跟他一起吃早饭，我发现他很有意思。他是经济学家，我在学校学过经济学。他经常找我聊天，但我没有爱上他。他只不过是个很好的谈话对象，还可以让我摆脱总跟我坐在一起的那些女人。那只是心血来潮，不是来真的。我没有爱上他。”

弗兰克在楼里没住多久。他们一起吃了几个星期的早饭后，他有一天没有出现——在她住的这种楼里是常事，由于隐私权法，或是担心让其他住户难过，工作人员不会对有人突然消失特别做出解释。她通过小道消息得知弗兰克去世了。即便他有家人，她也从来都不知道。

她说：“那是我的一次冒险经历，但我真的只是想跟他交个朋友。”

丧偶女性通常过得很好

我们这个时代的流行观点认为，已婚人士的寿命比较长。其中的逻辑令人信服：伴侣们帮助彼此约看医生，记住低钠饮食的食谱，如果其中一个摔倒了，另一个能拨打急救电话。两个人一起会减少贫困的可能性。有人陪伴对精神也有好处，尤其是当我们的社会关系网开始缩小的时候。但是，当心理学家霍华德·S. 弗里德曼和莱斯利·R. 马丁更深入地研究关于婚姻和长寿的数据时，他们发现其中的情况更为微妙。没错，已婚男性活得更长。他们发现，未婚女性和已婚女性的寿命一样长，但往往有更多属于自己的闲暇时间。弗里德曼和马丁在一项追踪 1500 名加利福尼亚州居民长达 80 年的研究中发现，“丧偶的女性通常过得很好——她们比仍有配偶的女性活得更久”。她们建立社交网络、照管自己的孩子、做了所有因丈夫患病而推迟的事情。另一方面，丧偶的男性则往往去世得很早。

在我看来，我母亲的生活在我父亲去世之后并没有收缩，反而更开阔了。据我所知，她第一次有了固定的朋友，而且只需要照顾她自己。她学西班牙语、上陶艺课，和女性朋友去听音乐会，而这些朋友除了她的陪伴之外对她一无所求。我觉得她很孤独，但对她来说未必如此。她与那个叫弗兰克的经济学家有过最浪漫的罗曼史——不是相伴一生的男人，而是有男人相伴，同时她对他没有任何义务。她没有坠入情网是好事，她最不需要的就是再照顾别人。

鲁思、海伦、黄萍和约翰都以差不多的方式照顾伴侣，直到他们去世，女性对此都能很好地适应并过渡，而约翰的朋友们特别担心他在沃尔特去世后怎样撑下去，担心他怎样继续保持活跃的社交生活、付账单、吃药、凭借越来越差的视力在这座城市里穿行。艾滋病危机期间，许多同性恋男子会照顾自己的伴侣到他们死去，但活得更久的同性恋男子在与伴侣相伴数十年后只剩下孤身一人（出于显而易见的原因，他们通常没有孩子）。

不过，如同鲁思和我母亲一样，约翰在沃尔特去世后对其他男人没有兴趣。他仍然无时无刻不想到性，迷恋着休·格兰特，但他说，现在性只在他的脑子里。“兴趣是有的，能力没有了。我随时都有性冲动，但已经无能为力，现在不行了。我还会梦到性，我以前确实喜欢。”他说，从解剖学角度讲，他正在回到少年时代。

约翰·索伦森第一次见到沃尔特·卡伦是在1950年夏天的一次聚会上。当时，沃尔特从波士顿来到纽约。约翰当晚在注意其他两名男子，但后来发现他们彼此钟情。他说：“真不走运。于是我想，我可以试试沃尔特。”沃尔特有着演员乔希·布洛林那样黝黑的英俊相貌。约翰个子比较高，皮肤白皙，在室内设计事业上雄心勃勃。尽管沃尔特年长几岁，但恋爱的经历非常有限。朋友们警告他，他和约翰的进展太快了。他们一起回到了约翰在华盛顿广场的公寓，料想这只不过是一夜情。

约翰说：“我从没指望有一段持久的感情。我认为这种事情不会发生在两个男人之间，但确实发生了。我跟他交往了三个星期，我还是不相信会天长地久。然后，他走了，我的一个老相好过来找我，我推掉了。‘哦，等等，怎么回事，我怎么会推掉一个老相好？’直到一两个月之后，我才对自己承认，我爱上他了。那是我做过的最明智的决定之一。”接下来的圣诞前夜，也就是约翰 29 岁生日的前两天，他们住在了一起，从此厮守到沃尔特 2009 年去世。

鉴于我本人的婚姻刚刚终结，所以我向所有老人咨询了保持长久关系的秘诀。他们的回答似乎都过于简单。约翰说：“如果你们要在一起，你们最好有很多共同之处。你必须知道，你们并不总是意见一致。我们大多数时候是一致的。但是，你不要把这当回事，如果你们在某件事情上不一致，那就不一致好了。在我家，我父亲是个彻头彻尾的民主党人，我母亲骨子里是个共和党人。”

在我看来，60 年的共同生活就总结出这么一点经验，未免太少了。所有人都知道，他们应该努力和睦相处。但是，在那一年里，我逐渐领会了约翰这些话的睿智之处。我想起有些时候，尽管我努力加以纠正，但我妻子仍旧屡屡在某件事情上出错，这让我非常恼火。她不会游泳，又不爱晒太阳，为什么想去科德角度假呢？还有些时候，她仅仅因为担心工作而不愿做爱。我们年复一年甚至月复一月地为了同样的事情争吵，就是不能简单地承认对方的看法是合情合理的，反而都指望对方会改变，又因为对方没有改变而火冒三丈。

所以，约翰的见解并非听起来那么简单。接受自己不相信的东西可不容易，例如，对于家居摆设或者男高音该怎样演唱一段咏叹调，约翰有着固执的想法。这些判断体现了他是个什么样的人。但是，跟沃尔特在一起，他不仅愿意被沃尔特的看法所左右，而且即便在不同意的情况下也愿意接受，仅仅因为那是沃尔特的看法。我认识一些成功人士，他们认为自己很开明，因为他们愿意听取相反的观点，然后再加以拒绝。但约翰所说的智慧的做法，是即便你倾听了，而且没有被说服，你还是要接受。

在我与约翰相处的时间里，他从来不会因为谈起沃尔特而悲伤，哪怕谈到沃尔特的死，也是一样。约翰的短期记忆经常出问题，但对沃尔特的记忆总是清晰而鲜活。我不确定约翰到底记得多少——他往往会多次重复少数几段相同的记忆，有时用的是同样的话。我年初的采访笔记在很大程度上可以与年底的采访笔记互换。往昔控制着约翰，而它的控制力就像一个温柔的拥抱。

他有一天说："悲痛？我现在还很悲痛，我非常思念他。有时我翻个身，他不在旁边，我就会醒来。我经常觉得他好像还在。有一次，我正在看电视，就开始跟他谈论电视节目，然后我才意识到他已经不在了。还有些时候，我完全忘记他不在了。他是个特别好的人。"

在约翰看来，沃尔特无时无刻不在，只不过这种存在表现为不存在。与沃尔特在世、不需要凭空想象的时候相比，他在沃尔特死后对他想念得更多。沃尔特活着的时候，他是老人，中年人或年轻人。去世后，他是所有这些身份的合体，在约翰的记忆中栩栩如生。他是约翰能够掌控的故事，约翰可以随时修改不符合叙事的部分。活着的时候，一个人的伴侣往往是乏味或者平凡的，但在记忆中绝对不是。

约翰的损失与我母亲或者鲁思不同，因为他对过去记忆犹新。他从未试图重建自己的生活，也根本不想这样做：重建会拉开他与沃尔特之间的距离，相反，他把沃尔特的点点滴滴保留在整个公寓里，这样沃尔特就永远不会真正消失。那些不舒服的路易十四风格的座椅是约翰与沃尔特坐在上面时的记忆，现在锦缎已经磨损；如今变了形的粗笨沙发也是一段回忆：沃尔特有一天在一家好意慈善店发现了它，然后在最近的电话亭给约翰打了电话，他知道约翰能把沙发改造得很漂亮。如果这些记忆中的沃尔特仍是年轻英俊的，那么约翰也一样。只要约翰不改变公寓的样子，它所代表的生活对他而言就仍然是鲜活的。

他在这90年的人生中学会的一件事就是安慰自己。他说："他们给了我一片抗抑郁药。但是，我的情绪一直不错。我偶尔会为自己感到难过，然后我就会生气。但是，如果我在听音乐，我就相当满足。这不是我希望的状态，但我尽力了。"他回想起最近听收音机的时候听到了柴可夫斯基的《第五交响曲》，他很熟悉这首曲子，但有20年没听过了。当他闭着眼睛回忆的时候，太阳穴上的皱纹似乎释放出了那天所有的沮丧情绪。他说："我本来已经忘记了，但音乐让我记起了所有细节，能再次听到它真是太好了，音乐有时候真能支撑我活下去。"

一段时间后，我熟悉了约翰的说话规律。回忆沃尔特会使他想起音乐，音乐会释放出各种记忆。这样一来，沃尔特仍然是他生活的中心，是一种积极力量。尽管约翰的视力越来越差，但沃尔特开启了他的视觉世界。有天在客厅里，在关于他们共同的社交生活的漫长讨论中，约翰讲述了一个周一的夜晚在大都会歌剧院的故事。当时，纽约上流社会的女性都戴着最精美的珠宝、穿着最豪华的礼服到场，男性则打着白色领带，身穿燕尾服。他特别钦佩一位女性对待自己的虚弱身体和年龄的方式。他说："有一位女士名叫乔治·华盛顿·卡瓦诺，她戴着冠状头饰，手镯一直戴到这里。就在灯光熄灭前，她和两个搀扶她的男子入场了。她有一根拐杖。她把拐杖交给他们，站得笔直，在灯光逐渐熄灭的时候独自沿着通道走了下去。她很老了，她都快走不动了。"

我突然想到，为了沃尔特，约翰也是这样走着——拒绝使用轮椅或者助行器，就像卡瓦诺女士摆脱看护者的搀扶，算准自己入场的时间，以确保人们在灯光熄灭之前最后看到的就是她。约翰 91 岁了，知道自己无法再独立走多少路了，所以他行走的方式要对得起他与沃尔特的关系。在他的记忆里，沃尔特总是处于最佳状态，而这意味着约翰也处于最佳状态。即便爱情给不了他最想要的东西，也能把他与他失去的东西紧密联系在一起。

在这一年的交谈中，许多谈话涉及约翰本人的死，但他从未说过希望来生再与沃尔特相聚。尽管他在信教的家庭里长大，小时候还是唱诗班的歌手，但他并不相信来世。他说："我对来世毫无感觉。事实上，我希望没有来世。我无法想象有什么东西是永远持续的。我想念沃尔特，我希望在另一个世界里能见到他，但我知道这不可能。其实，这倒让人感到宽慰，一切都会结束。我觉得这没什么不好，把沃尔特放在来世，我会再次失去他。"

尽管老人们的宗教信仰各不相同，但没人谈到过希望与爱人重聚。他们在照顾配偶的时候近距离目睹了死亡，那对他们来说并不神秘。海伦不止一次地说过："等你死了，你就是死了。"就连把去天堂当作回家的弗雷德都不急于到那里去，他更喜欢在这个世界里的生活。他说："我的外祖母从前总是说，'没关系，因为有朝一日我会上天堂的，那里的街道都是黄金铺成的，有蜜和奶可以喝'。我不想反驳她，但我当时在想，人应该努力在俗世得到点什么。后来，我听到了'天上掉馅饼'的说法。我觉得她就是这样的——说的都是天上掉馅饼的事，但她其实应该想想怎么在地球上过幸福的生活。"

对每个人来说，爱给他们的最后一样赐予就是了解死亡的含义——它是多么近在咫尺，又是多么不可改变。他们接受了这个事实：发生在他们配偶身上的事情也同样会发生在他们身上。以这种方式看待未来，等于剥夺了他们可能对自身抱有的任何幻想——他们其实是更好的人，等待着变得更富有、更快乐、更美丽、更苗条、更受人喜爱。而现在他们只能照着镜子，看看自己真实的样子，未来唯一可能发生的事就是不断衰退。

也许只有年轻人才有资格认为最佳伴侣是你并不拥有的伴侣：一个你尚未见到的陌生人，或者你现有伴侣的升级版。年轻人更看重未来，而不是过去和现在——当未来还很遥远并且充满各种可能的时候，这很正常，但当你清楚地知道即将迎来什么的时候，这种幻想就不那么正常了，它也会遮蔽或贬抑你真实拥有的伴侣。与未知相比，鲁思、约翰和我母亲都更看重他们拥有过的终身伴侣的种种好处，无论他们有着什么样的缺点。当未来需要你来塑造的时候，活在过去可能是一种逃避，但在年老之后，这就成了一种安全的方法。向上消费、想要更新换代的驱动力虽然推动人类进步，但也制造了严重的不满和焦虑。这些老人阻止了这种无益的损失。

他们还逐渐领悟了爱的真谛：它蕴藏在我们无尽的给予之中，而与我们得到什么回报无关。我们因为无条件的爱而变得更完美：接受我们配偶的不完美之处，承认他们绝不会改变，通过爱他们，实现我们自身的完美。当然，所有人都希望他们的伴侣能起死回生。不过，他们在失去中发现了内心的力量。快乐不是在他们的身外等待降临，而是在他们的内心，是他们已经拥有的东西。它不取决于豪伊、沃尔特、鲁思的丈夫或者我父亲。我逐渐明白，我的婚姻是否快乐从来都不取决于妻子能给我什么，所以无论我认为她有什么样的不足，这种快乐都不会消失。它一直在我手中，在于我能给予她什么。

我与老人们相处了一年才明白这一点，不过当我明白之后，发现它对我所有的关系都有帮助——不仅是与我的伴侣，还有我的朋友、同事和其他亲戚。满足感唾手可得，但前提是我能意识到它的存在，或许它也正在等你去获取。老人们会告诉你趁自己能做到的时候抓住它，而不要极力去争取更好的东西。他们没有时间去妄想，包括妄想自己还有更多时间。他们忙于去爱，仿佛已经没有明天，对我们任何人来说，可能都没有明天。

Lessons
from a Year
Among
the Oldest Old

第六章

活得更长与活得更好

医疗系统越是能让人们活到高龄，他们越有可能患上严重降低生活质量的慢性疾病。医学致力于延长寿命，而不是促进健康。医学在帮人们活得更长，但多出来的这些年被添加在了末尾，而人们那时已经太衰弱或病得太重，无法享受其中的乐趣了。

他们距离临终的时间本来是一天，我们给了他们一个月，然后称之为医学进步。

“一天天的，太艰难了。”

美国人口普查局并没有为我们的晚年生活描绘一幅诱人画面。在 85 岁以上的人口当中，有三分之一的人表示，他们听力不佳；有 31% 的人无法自理；有一半人无法独立行走和生活；有 28% 的人说，他们有认知困难。也许你没想到常年食用藜麦会有这样的回报，心脏病、癌症、糖尿病、关节炎、阿尔茨海默症以及其他失智症——到了 70 岁，这些病症的患病率都大幅度增加，并且逐年加剧。我们虽然活得更长了，但正如伟大的老年学专家斯博汀 · 赖夫指出的那样：“如果没有姑娘愿意同我们亲近，这怎么能叫活着？”

1977 年，约翰斯 · 霍普金斯大学的一位心理学家和流行病学家欧内斯特 · M. 格伦贝格把这些使人致贫的疾病称为“成功的失败”：医疗系统越是能让人们活到高龄，他们就越有可能患上严重降低生活质量的慢性疾病。格伦贝格认为，我们应该把医疗视作类似病原体的流行病学因素，它降低了死亡率，但提高了患病率和残疾率。格伦贝格认为，该系统的优先重点被歪曲了，它致力于延长寿命，而不是促进健康。因此，研究资金大多被用来消除往往很快就会起效的急性致死病因，而不是推迟或防止那些拖拖拉拉、使全家陷入漫长痛苦的慢性疾病。在格伦贝格看来，这违背了“不伤害病人”的誓言。比如,如果癌症患者通常死于肺炎，而我们找到了治疗肺炎的方法，那么我们针对他们的癌症所做的就是：确保他们有更多的年头慢慢被癌症吞噬。他们距离临终的时间本来是一天，我们给了他们一个月，然后称之为医学进步。

他写道：“这种要命的思维非但没有促进大家的健康，反而提高了患病率和残疾率。既然我们意识到，我们过去 40 年里的救命技术胜过了保持健康的技术，实际效果是使大家的健康状况恶化，那么我们必须着手寻找我们正在不断延长的慢性疾病的可避免病因。”没错，医学在帮助我们活得更长，但多出来的这些年被添加在了末尾，而那时我们已经太衰弱或者病得太重，无法享受其中的乐趣了。

从某种程度上讲，格伦贝格是在回应人口统计信息体现出的一个变化。我没见过我的祖父母和外祖父母；我儿子见过他的祖父母和外祖父母中的三位，他的子女有微小的可能见到一位以上的曾祖父母或者外曾祖父母（让我们拭目以待）。美国的人口分布曾经像一座金字塔——基部是大量新生儿，往上逐渐缩减到顶端的 65 岁以上人口。如今却越来越像长方形，底部的婴儿数量减少，80 岁以上老人的数量增加。这个长方形顶部的人肯定会使医疗和社会保障系统承受巨大压力。不过，数量空前的老人也会带来好处。其中有些是经济上的——所有健康的、受过良好教育、经验丰富的老人能对经济做出令之前的老人们望尘莫及的贡献。与此同等重要的是，他们还能向我们这些有朝一日也会变老的人传授智慧，不只关于过去，也关于未来。如果我们只把他们看作联邦资产负债表上的负债，我们就是在浪费尚未估算过的资源。

最近，格伦贝格对寿命延长的悲观看法得到了肿瘤学家和生命伦理学家伊齐基尔·埃曼纽尔的支持，埃曼纽尔是奥巴马政府《平价医疗法》的设计者之一。在《大西洋》杂志刊载的一篇广泛流传的文章《为什么我希望在 75 岁死去》中，当时 57 岁、年富力强的埃曼纽尔认为，活到老年"使得我们当中的许多人即便没有残疾，也会步履蹒跚，日益衰弱，那种状态可能并不比死亡更可怕，但的确很痛苦。它剥夺了我们的创造力和对工作、社会以及世界做出贡献的能力。我们留给别人的记忆不再是精力充沛和忙碌的，而是衰弱、无能甚至可悲的"。有调查显示，老人的生活会更快乐，但埃曼纽尔不接受这种观点，认为调查没有收集住在养老院或者患有失智症的老人的意见，他们肯定没有那么快乐。

这篇文章的标题有误导性，因为埃曼纽尔并不希望在 75 岁时死去；他只是不想通过医疗手段把他的生命延续得更长。因此，不要癌症筛查，不要抗生素，不要置换心脏瓣膜或做搭桥手术，不要注射流感疫苗，不要做透析，不要跳踏板操，也不要吃羽衣甘蓝沙拉。如果他错过了晚年的一些回报，比如，亲眼看到自己的孙辈长大，与伙伴们打扑克牌，或者教导下一代的满足感，他并不会感到遗憾。对他来说，这些都不是生活的丰富宝藏，而是丧失了赋予生活价值的一切之后获得的象征性补偿。

这篇文章引发了强烈抗议，相当一部分抗议者就是78岁的老人，他们不愿被告知自己该走人了。但是，他也提出了一个有价值的观点：我们这种永远活下去（埃曼纽尔称之为“美国人不死”）的全民梦想经常促使我们挥霍自己拥有的岁月。如果我们知道，75岁之后不久，帷幕将会降下，或者一旦它开始降下，人类无法阻挡，那我们就更有可能竭尽全力去充分利用之前的这些年。埃曼纽尔说，在他的肿瘤学临床实践中，所有病人在某个阶段都会说，癌症是他们碰到的最好的事，因为这使他们专注于生活中真正重要的东西。

然而，这是许多老年人自然而然会做的事，也是他们满意度提高、紧张度降低的关键原因。埃曼纽尔专断的截止日期只不过是迫使他现在就像75岁的老人那样思考，同时又没有年老带来的不便。除了美国人不死的虚荣心之外，我还要加上“除非能做现在做的所有事情，否则就不想活着”的虚荣心。老年病学家比尔·托马斯称之为"'保持能力'的束缚"：也就是坚持认为老人和其他人不一样，不会成长或发展，所以他们的人生目标应该与现在一模一样，或者如果能倒退到较早阶段就更好了。托马斯认为，尽管有所失，但也有所得——比如，看法、经验、日常乐趣的增加。我们不应该沉溺于损失，或者徒劳地抓住我们要保持打网球或者打扫房间的能力这个念头不放，而是可以把变老视作一个变化的过程，学会发现并珍惜。失去能给我们的人生带来重要智慧，包括为我们认为不可或缺的能力找到补偿的智慧。只有加州人才会希望每天都艳阳高照。

重新定义衰老

此外，衰弱也不是从前的概念。美国人步入老龄时，身上留下的岁月痕迹比以往几代人都要少——累死人的体力劳动变少了，吸烟也少了，小时候易得的大病和感染也少了。老人们如今有他汀类药物让心脏保持有规律的跳动，有白内障手术让生活保持光明，有人工髋关节和膝关节让他们继续行走，有时髦的小型摩托车让他们在新膝盖不好使的时候仍然可以到处活动。改进后的功能性磁共振成像扫描技术也表明，与数十年来的医学知识相反，大脑在整个人生当中都在持续形成新的神经元，人们可以像通过定期锻炼来强健二头肌一样，增加脑细胞的数量。

格伦贝格分析出“成功的失败”三年后，斯坦福大学有一位名叫詹姆斯 · F. 弗里斯的风湿病学家提出了一种与之大不相同的变老模式。弗里斯提到的不是成功的失败，而是成功的成功。尽管医学和生活方式的变化无法消除老人的疾病和脆弱性，但可以延缓疾病和脆弱性的出现，把不好的情况推到最后几年。我们不是把时间添加到一切即将崩塌的生命尽头，而是添加到中间阶段。他将这种效应称为“发病率紧缩”，同时提出了增强这种效应的简单方法，比如，减少年轻时的肥胖和糖尿病，以及推后置换衰竭的肾或肝。弗里斯后来又重新修订了该理论，并且通过几项长期研究提供了佐证，他改善老龄状况的处方，即便没有被原样照搬，至少也得到了广泛采纳。

在名为“动态平衡”的第三种变老模式中，医学发展使得人们能够从以往足以致命或者使他们的健康急剧恶化的心脏病或癌症中康复。这种老龄模式就像弗雷德比喻的切萨皮克湾跨海大桥一样：你上行一段时间，然后下行，然后又上行，直到时间用尽。

这些变老模式具有重大政策影响，尤其是考虑到临终关怀的花费。插进我父亲喉咙的呼吸机让他的生命延长了几天，但那几天耗资不菲，而且对他没什么价值——这是标准的“成功的失败”。此外，在第一次心脏病发作后，他开始经常散步锻炼身体，还服药控制高血压，他 70 多岁的时候比 60 多岁更健康，这也为发病率降低和动态平衡的模式提供了佐证。

但是，无论最后阶段是缩短还是拉长，所有人都会变老。动脉硬化，关节肿胀，头发脱落或变白，肾脏失去活力，皮肤不再像过去那样富有弹性。阿尔茨海默症也有自己的时间表，而目前医学在很大程度上无法放慢其速度。

那一年里，我在大多数老人身上看到了衰老的加剧。他们更健忘了，体力更差了；他们的疼痛更严重了。黄萍的话变得更加不连贯，她无论讲英语还是粤语，都说得颠三倒四。她有一天说："说实话，我已经受够这一切了。"

但是，丧失认知能力不是大问题。大脑有多种认知形式，涉及不同区域，因为变老而受到的影响也不同。有关工作的记忆（比如，回想起刚听到的一连串数字的能力）削弱了，但对中学时代的长期记忆可能仍然鲜活。这些记忆在达尔文式的优胜劣汰竞赛中获胜，继续存在你的大脑中，不那么容易消失。随着我们变老，处理新信息的速度会放慢，同时完成多项任务的速度也会变得极其缓慢。但同样属实的是：我们处理新信息的需求少了，因为我们没有探索新领域或者试图掌握新技术。纽约大学的神经生物学家埃尔克霍农·戈德伯格称之为"智慧悖论"，他提到，随着大脑老化，心智在某些有用的方面可以变得更强大。"现在不该再简单地从精神损害或者仅从损害的角度看待心智和头脑老化了，心智老化同样是有好处的。"

神经学家经常会区分信息处理与模式识别。这些是在大脑的不同区域进行的，随着我们变老，表现有所不同。大致地说，信息处理功能涉及大脑皮层和皮层下部以及大脑右半球，而模式识别涉及新皮层和大脑左半球。处理信息需要大量脑力；识别模式需要得则相对较少。随着我们变老，前者做得比较少，后者做得比较多。我们不再需要了解新路线和新菜肴，不再寻求去新餐馆就餐的体验，我们知道某家餐馆星期六的培根是最新鲜的就可以了。

伊齐基尔·埃曼纽尔很惋惜地说，科学家和艺术家很少在40岁之后取得重大的认知突破，因为他们的大脑不再具备对本已复杂的世界形成新认知的强大功率。也就是说，57岁的埃曼纽尔不太可能找到治疗淋巴癌或者乳腺癌的全新方法。他大脑中负责解决复杂问题的衰老的皮层和下皮层细胞，根本没法撞击出火花以照亮道路。

他说他的癌症病人都表示，癌症让他们知道了什么才是生命中真正重要的东西，这一见解则是源自经验和识别模式的能力。他25岁时不可能有这样的见解（那时候他大脑里的处理中心还处于形成期），因为他还没有见过足够多的病人，所以识别不出这种模式。不过，对他来说，这种见解无疑和任何实验突破一样有用，能够让他真正明白，他想要怎样活着和死去。随着年龄增长，大脑识别模式的能力衰退得相对较慢。相较年轻人，老人的大脑里还有更多范本可以参考，因为老人确实有更多经验可供利用。如果你经历过“大萧条”，那么当雷曼兄弟破产时，你就不会那么震惊了。

当你活得足够久

尽管海伦和鲁思都说，散步是她们人生中最大的乐趣之一，但随着那一年时间慢慢过去，她们都走动得更少了。约翰则经历了一系列小挫折，每次挫折都使他越发虚弱无力，也就越发依赖沃尔特一个名叫安妮·科恩布鲁姆的侄女，而后者已经成为他圣徒般的看护者。他右肩的旋转肌撕裂了，丧失了那条胳膊的大部分功能——年轻人做个简单手术就行，但在他这个年纪是不可能的。他连续几晚失眠，然后在厨房摔倒，这增加了明年秋天去养老院的可能性，而他怕去养老院超过怕死。到了10月，他出现了尿路感染，需要用抗生素，而他无法应付再多记住一个处方的复杂任务：结果，他第一天就服用了三天的药量。他在泌尿科门诊等了一个多小时，然后告诉泌尿科医生，他想过自杀。

他说：“我没法对自己下刀。”

医生说：“别想着干这种事。”

“我没法从窗户跳出去，因为我打不开门。我可能死不了，因为我的楼层太低了。问题是我太健康，死不了。”

他后来回到家，跟安妮坐在一起，就不再提及自杀的话题。安妮在美国邮政局担任刑事侦查员，从来不说废话。这会儿在约翰的公寓里，他的疲劳盖过了他夸张的绝望。他又一次出去冒险并且安全返家，但他现在筋疲力尽。

他说："我也有非常愉快的时候，但这样一天天过下去，太艰难了。"

弗雷德·琼斯那一年过得最艰难。他是家里六个孩子当中最小的一个，但饮食不健康，而且有心脏病史。他年初出现了一次感染，使得右脚看起来像在战地受过伤。要回到公寓，他得爬三层楼梯，而他每次只能爬半层，每到楼梯平台就要停下来休息一会儿。有时他的好腿比受感染的那条还要疼。他说："上这些台阶时，简直就像有人在挤我的后背。然后，等过了一会儿，疼痛就扩散到了腿上，我觉得像是有东西在咬我的小腿、膝盖、大腿、后背、上臂，浑身上下。"

多年来，他经常告诉自己，应该搬去住有电梯的楼房，但他现在住的地方每个月才300美元租金，所以他总能设法再撑得久一点。现在，他的身体状况已经不适合生活在这个家里了，但他所在的街区已经贵族化，像他家这样的公寓即便没有电梯，租金也达到了他所支付金额的5倍以上。因此，他下定决心要对付这些楼梯，每晚都要从脚上揭下一只浸透脓血的袜子。这是个糟糕透顶的折中方案，弗雷德这样的聪明人当然知道。他说："如果你在付便宜房租住破地方和付高房租住好地方之间左右为难，你会说：‘这里不太好，可我已经在这里住了好多年了。’我一直在说服自己留在这里。”他确实需要一个居家护士帮他包扎感染的地方，还需要一个看护帮忙收拾公寓。但是，弗雷德正好处在医疗体系甜甜圈的圆洞里。他曾为这座城市工作，每个月有2000美元的养老金，外加1000美元的社会保障福利。但是，这意味着他没有资格领取社会救济金，以帮助支付他日益需要的服务的开销，更不要说在有电梯的楼里租到一套廉租公寓了。我想，这种局面是没法维持的，但弗雷德似乎从来不泄气。只要他早上能醒来，就又是美好的一天。

后来，我5月给他打电话，却接到一条信息，说应客户的要求，电话暂时停机了。我给他的脚病医生所属的医院打电话，给他前一年因为低血压住过的医院打电话，然后又给布鲁克林区所有的医院打电话，全部一无所获。他们都没有收治过一个名叫弗雷德里克·琼斯的病人。在整个布鲁克林区，没有弗雷德·琼斯这个人？给他提供上门送餐服务的机构告诉我，他还活着，而且打电话取消了送餐，但根据隐私权法，不能告诉我更多细节。我不停地给医院打电话，想着他总有一天会出现的。最后，一家医院承认了，没错，老年病房确实有一个叫弗雷德里克·琼斯的病人。

我走进病房的时候，弗雷德面带微笑。他解释说，由于坏疽，医生把他的两个脚指头截掉了一部分。他说，手术疼得“让人受不了”，但他不想用吗啡，因为他觉得吗啡会上瘾。他被人从初级保健医生的办公室直接送到了这家医院的急诊室，所以没带换洗衣服和电话本。他甚至没法告诉朋友或邻居自己在哪里。他不知道什么时候能回家，也不知道他离家期间堆积了什么样的账单。他通知了电力公司和信用卡公司，他可能在一段时间内不能支付账单了。

隔壁房间里，有个女人的声音在大叫："不不，别死，千万别死！看看，我就知道会这样的。"

如果弗雷德活得足够久，到了一定的时候，感染会要他的命。也许将来，导致感染的糖尿病能够彻底被治愈——医生们会让弗雷德这样的病人像小兔子一样飞身跃上楼梯。但是，就眼下来说，弗雷德陷入了一场与自己身体的拔河比赛，而他在这场比赛中充其量也只能指望敌人放慢前进速度。快也好，慢也好，他都在丢掉曾经控制的地盘。前一年，他有 64 天因为低血压而住院和做康复。现在，他又要在医院住更长时间。我看着他在接下来的一个月里努力想走几步，但显然疼得厉害，真不知道他如何还能回到那个需要爬楼梯的公寓去。多日不走路会导致两条腿萎缩。他的医生似乎认为他的情况不乐观。他说："他们告诉我，我将来需要助行器。我有助行器，其实我有三个呢。但是我没法把它从三层楼梯上搬上搬下。"

弗雷德是医疗系统（至少是支付账单的那部分系统）担心的问题。格伦贝格 1977 年提出了"成功的失败"的理论，距离林登·约翰逊签署为经济脆弱人口建立医疗保障系统的社会保障法案修正案刚刚过去12年。该系统是完美的，但前提是不要遇到像弗雷德这样来日无多但账单多多的老人。他搬到一家养老院做康复之后，随着账单越积越多，他逐渐丧失了离开那里的动力；反倒是只要他留在那里，最贵的账单都有人全额支付。

有一天在养老院，我问他年轻人应该对老年有些什么了解，这个问题似乎令他困惑：老年只是人生中的一个阶段，与其他阶段没什么两样。今天与昨天没有太大不同，明天与今天也没有太大不同。他说："也许系衣服扣子或者弯腰有点费劲，系完鞋带有点背疼，或者照镜子会看到花白头发——所有这些事情都不会令人惊讶。你知道它们会来，而且这是生命的进程。只不过是从一个年龄到另一个年龄。我认为这不是一种特别不一样的感觉。"

弗雷德与我不同，他从不怀疑他能返回自己的公寓——从来没有丧失过看到明天的意愿，从来没有考虑过人生到了哪个阶段就丧失价值了。在养老院的床上也好，在身家百万的小明星的豪华按摩浴缸里也好，人生就是人生。在我看来如此危险的健康问题，他却习以为常，而且懂得随遇而安。他在弗吉尼亚州诺福克的穷苦环境中长大，未满3岁，父亲就因为突发阑尾炎去世了，外祖母和母亲面临的贫困和种族歧视是他后来都不曾经历过的。他不负众望，根据退伍军人法案进入弗吉尼亚州立大学就读，是他家第一个上大学的人，并且出人意料地活到了88岁。

他说："我不认识跟我同样年纪的人。我在工作中结交的大多数朋友都已经不在了，我得现实一点。我知道我们不会一直活着，所以我努力过好每一天，及时行乐。当然，我请求上帝让我活到 110 岁、115 岁，我可能会活到那个岁数。我不知道天堂什么样，但我知道我喜欢在这里拥有的一切。我喜欢那句老话：'天堂是我的故乡，但我并不思乡。' 我想留在这里享受生活。"

我们在养老院的餐厅里，弗雷德身穿工作人员给他的衣服；他早就找不到自己一个月前去医院时穿的衣服了。由于没有定期染发，他的发根开始花白了，有人没征求他的意见就剃掉了他的胡须。他说："我不知道我穿的是谁的衣服。可能是已经去世的人的衣服，我猜他们会把衣服保留下来。" 对于像弗雷德这样自由散漫的人来说，养老院严格的日程安排让他知道了制度的厉害。他一日三餐都和同样的人坐在同样的位置上一起吃。那天早晨，他起晚了，所以工作人员没有带他去刷牙。

如同所有老人一样，弗雷德努力保持自理能力，而这场战斗会逐年变得更有挑战性。不过，他没有抱怨养老院的严格制度，而是泰然自若地接受了下来，在那里的同伴当中发现乐趣。他与住户和工作人员交上了朋友，与同屋的耶和华见证会教徒一起去参加宗教活动。他在卡拉 OK 日唱了比利 · 埃克斯坦的《我道歉》。他没有为失去的脚趾难过，而是期待着回家，想着"我错过的所有好日子"，哪怕这意味着要爬上三层楼梯前往破败不堪的公寓。他说："那里跟垃圾堆差不多，但我待惯了。"

我离开养老院的时候，心中充满了活着的喜悦。

弗雷德对晚年生活的态度是，生活不像他年轻时那么好，但只是小袋薯片和大袋薯片的区别，它们仍然是薯片。此外，如果不活下去，他还能拿自己的时间怎么办？替代选择就是死，而这根本就不是薯片了。他眉开眼笑地说："我每天最喜欢的时刻就是早晨醒来，感谢上帝又给了我一天。那是我每天最喜欢的时刻。"

真正糟糕的始终是下一步

相传贝蒂·戴维斯[1]说过这样一句陈词滥调：老龄容不得胆小鬼。但是，这恰恰错了。老龄容得下胆小鬼——归根结底，多亏现代医学和卫生，它容得下差不多所有人。无论它对身体的攻击是短暂的还是长期的，到了某一刻，任何长寿的人都会有个不断变老的身体。

但是，什么是老龄？我们在很大程度上把它作为一个判决，一种没有明智地及时（也就是差不多20多岁时）开始练瑜伽的人遭遇的事。这就是说，老龄这个概念很大程度上是那些从未经历过老龄的人确定的。处在人生三等分的中间部分的人，他们自

1 贝蒂·戴维斯（Bette Davis），1908年出生于美国马萨诸塞州，美国电影、舞台剧女演员，曾获得奥斯卡金像奖最佳女主角奖，被美国电影学院评为"百年来最伟大的银幕传奇女星"，位列第2名。——编者注

我吹嘘地称之为人生的黄金阶段，把年轻人的看法说成是青年的愚蠢想法，把年长者的看法说成是老糊涂的絮叨。

我与母亲的关系体现了老人和子女对老龄看法的不同。尽管锻炼或减肥是持久缓解慢性背痛的重要方法，但她拒绝这样做。她说，理疗是“商业炒作”。尽管她的楼里有室内游泳池，但她并不游泳，因为换泳衣太疼了。上午10点的太极拳课程太早了。随着她背部和腿部的疼痛越来越剧烈，我和兄弟们都反对她使用电动轮椅。我认为，一旦她不再走路，就会停止锻炼自己的肺，这会给她的整个身体造成损害。

但我错了。轮椅解放了她，让她能够去参观博物馆和看戏，而且经常有优惠价。这是接受和调整带来的好处。在一种经常要我们克服局限性的文化中，有时设法接受这些局限性是明智的选择。对于来日无多的人而言，短期解决办法（或者说是接受现状）有时是最佳答案。我们都来日无多，而老人只不过对此更加心知肚明罢了。

在我探望老人们的那一年里，海伦从使用拐杖发展到了使用助行器，但她并不认为自己上年纪了——有失智症的养老院住户才算是上年纪了。她从不想成为他们中的一员。同样，鲁思不能再像从前那样散步了，但她仍为不用坐轮椅以及没有丧失心智而感到满意。人生当然是有价值的。弗雷德迫不及待地想在第二天早晨醒来，又老了一天，又脆弱了一点，但他还是他。除了约翰之外，所有人似乎都调整了可接受与太过分之间的界线，调整到略微超过他们的残疾程度的地方。在我看来，极其可怕的健康问题对他们来说是 85 岁之后的人生发展的一部分——真正糟糕的始终是下一步。

所有老人都没有把年轻时的自己理想化，而是专注于最能让他们保持本色的东西，也就是让他们最具有人性的东西。对乔纳斯来说是艺术创作；对海伦来说是豪伊；痛恨离开旧居的鲁思加强了与子女和家人的联系，学会了使用电子邮件和脸书去保持联络。约翰重温对沃尔特的记忆，黄萍与打麻将的朋友维持着紧密联系。对弗雷德来说，每一天都是天赐的礼物，每一刻都是快乐的机会。他说："比如，昨晚的（电视）比赛。有几分钟的时间，我一心只想着比赛。我都跳起来了，天哪，幸亏我床上没有个老婆，她会觉得我发疯了，像那样从床上跳起来。当时，那就是快乐。我觉得，如果你一心想着一件过去发生的格外糟糕的事情，那才叫悲伤。"

起初，与他们放弃的东西相比，这些补偿显得微不足道。但是，随着那一年的时间慢慢过去，我知道情况恰恰相反：这些补偿丰厚得足以充实他们的生活。如果说他们没有选择改善自己的身体状况，那么其实我们任何人在任何年龄也都没有。他们认为自己不是自身残疾的总和，而是他们接受这些残疾的总和。我记得我父亲最后的日子，在纽瓦克一家医院阴郁的病房里，身上连接着各种延长他生命的机器。那样的生命肯定没有价值，肯定不是任何人想过的生活。但是，在他的脑海里，他回味着以前从未与人分享过的愉悦的人生篇章，也许是因为他健康的时候不需要这些东西。我逐渐开始明白，老人们不光是在为迎接死亡做准备工作，还在不断研究在任何年龄都好好生活的良方。

我的探望变成了关于生活而不是变老的讨论。我生活中的困难——包括离婚和导致我需要穿步行靴的足部韧带撕裂都不再令我烦恼。探望母亲也更令人愉快和神清气爽了。每位老人都能传授给我不同的经验：我从弗雷德那里知道感恩的力量，从黄萍那里知道选择快乐，从约翰那里知道接受死亡，从海伦那里知道学着爱和被需要，从乔纳斯那里知道生活要有目标，从鲁思那里知道照顾重要的人。数百年来，社会依靠老人获取这些经验和其他智慧。直到近些年，大家才开始对这种智慧充耳不闻。我不是在宣布新发现，而是在重新寻回一些古老的关联。我的新发现是这些经验令我多么快乐，以及我要是早些学到该有多好。

第二部分

经验

Lessons
from a Year
Among
the Oldest Old

第七章

不为明天担心

不要表现得像老人一样，围坐在一起讨论疾病和腰背疼痛，那并不会令你开心。我们可以讨论歌曲和电影，还有星期天的橄榄球赛，谁都知道生活中总有坏事发生，但不要听也不要说，这对我们的情绪没有好处。

“感谢上帝让我在通往 110 岁的路上又多活了一天。”

我的目标是活着、快乐、享受生活、聊天，和朋友们一起玩个痛快，星期天去教堂。交朋友，时不时地出去吃个晚饭，日子会过得很快。

——弗雷德里克·琼斯（88 岁）

探望弗雷德总能让我受益匪浅。他谈到想去“红龙虾”

餐馆，以前他经常去那里约会，还谈到要避开附近一条街道，因为那条街上有个殡仪馆。他给我讲一个“喜欢棒棒糖”的前女友，还给我看作文本，里边写满了手抄歌词或者他想记住的名言警句。他还讲到布卢明代尔百货商场出售的丝质领带的价格，星期日下午在哈莱姆区的索威舞厅跳舞——弗雷德的过去是一盘令他百吃不厌的糖果。他有天发现了一个大信封，里面装满了各种药，全都过期了。自己当初究竟是想把这些药扔掉还是单纯忘记吃了，他已经记不清了。

他一边翻阅其中一个作文本一边说：“听听这个：‘不要让你的处境限制你的想象。’这是乔尔·欧斯汀[1]说的。”弗雷德每星期日都看乔尔·欧斯汀，尤其是他不再去教堂之后。他羡慕欧斯汀的满头秀发和他漂亮的妻子。他停下来琢磨了一下这些词句，然后又大声读了起来。下一句格言出自一个他不认识的人之口。他读道：“牺牲是最至高无上的爱。”

我问他是否赞同。

他说：“哦，这得看要我牺牲多少。”他不是开玩笑。对弗雷德来说，那是必然的。

弗雷德 5 月 29 日动了脚趾手术，6 月 8 日被送到养老院接受康复，8 月中旬被告知可以准备出院。在病人生活的信息真空中，

---

1 乔尔·欧斯汀（Joel Osteen），美国著名牧师，强调爱的力量和积极的态度，以及人生光明面和把握当下的重要性。——编者注

弗雷德觉得自己是出于经济原因才匆忙被赶出养老院的。他说："负责我的医疗保险计划的保险公司给养老院打了电话，跟他们说我待的时间够久了，他们不再付钱了。"他 8 个月前有过同样的经历，那是在另一家养老院。"所以，我现在要么得自己付钱，申请我没资格申请的医疗补助，要么就得走人。"在离开家 3 个月后，他于 8 月 28 日回到了家。

4 天后，在他的公寓里，他感到疲乏、恶心、剧痛难忍，抱怨出院太早了。他的出院单上写着：

> 琼斯先生可以独立起床，从椅子上移到床上，用转轮型助行器行走。琼斯先生洗澡时需要监护。他需要有人协助做饭、打扫卫生和洗衣，可以独立上厕所和穿衣。社区将负责保证他的日常娱乐活动，社区负责为他提供探访护士服务，住户将使用老年保健医疗时间。住户有现成的上门送餐和快捷药方服务，有家人参与并提供支持。

其中有些内容是准确的。养老院送他回家的时候送了一个助行器，跟他已有的三个放在一起，但除非他突然学会扛着助行器上下楼梯，否则这东西没法帮他走出太远。尽管做了保证，但家庭看护还是没来。他女儿确实参与并提供支持，但她自己也病得很重，只能在他回家的第一天给他买些食品杂货。他要竭尽全力对付一个就连有医疗卫生管理学位的精力充沛的人都摸不透的体系，而他这两样特征都不具备。

弗雷德身穿睡衣，没刮胡子，是我们见面以来他最接近情绪低落的状态。他从回到家就没吃过多少东西。养老院没有给他染发，所以自从20年前开始染发以来，他的头发第一次彻底花白了。他被自己在镜子里的样子吓坏了。

他说："我真想回去，可是他们不会让我回去的。我的一个朋友告诉我，要想回去，就叫辆救护车去医院，然后，他们让我出院的时候，就会把我送到另一个医疗相关机构去。但是，我确实也受够了这些医疗相关机构，还有医院。所以我想我只能尽力而为了。"

我们又聊了一会儿，但弗雷德没精神了。我给他带了些中餐，够维持几天的，他小心地吃着，为食物以及我的帮助向我道谢。在养老院，他至少有人陪着聊天，能按时吃饭维持体力。他增加了一点体重，有时低到危险程度的血压也升上来了。但是，在那里他没有隐私，也没有自己安排时间的自由。现在他回到家里，可以熬夜，可以在想做饭的时候才吃东西。他极力想对再次外出保持乐观态度，但只有这一次，他显然没有任何精气神了。他说："我不知道。我要慢慢来，因为我根本不想出去。我都不想穿衣服。"

弗雷德的非凡之处不在于他有这种感觉，而在于这种感觉不会持久。我把弗雷德加入这批老人当中，是因为他的生活显然在恶化：一个孤立无助的老人，心脏不好，行走能力也越来越差。不过，弗雷德从来不这样看待自己。他感谢又活了一天的恩赐、感谢有人到访、感谢一顿热饭、感谢他无法外出享受的晴朗下午。弗雷德几乎比我认识的所有人都更活在当下，为他还能享受的乐趣而心存感激。他坚持说，痛苦是暂时的。除了希望继续活着享受这一切，他并不为明天担心。我跟他坐在一起，会因为自己不懂得感激业已拥有的一切而自惭形秽。

然后，在年中，我开始试着以弗雷德为榜样：我不再为自己的不满而焦虑不安，而是开始有意识地对被我视为理所应当然的东西表达谢意。与弗雷德相比，我是多么安乐舒适，我怎么能不像他那样心存感激呢？我先从简单的东西开始：父母或女友的爱、与朋友共度的时光、工作上的好运。这触发了另一条不太显而易见的思路，心存感激意味着承认宇宙间对我有利的良性因素。生活不只是我要独自投入的战斗，它也是我有幸获得的恩惠，我有幸得到的援助之手。我逐渐开始从弗雷德的角度理解感激之情，它不是对这种或那种处境的反应，而是一种看待世界的方式。生命本身就是道谢的理由。这样看来，尽管别人希望弗雷德的命运不要降临到他们身上，但他却心存感激，也就讲得通了。我很快会重返他的公寓，再次品尝他的“毒品”，因为这使我的生活更美好，让我不再焦虑、抑郁或失望。

他离开养老院大约一个星期之后，又重新成为那个乐观的自己，下一半楼梯，然后再走上来，期待着接下来的日子里感觉会更好。他还在继续吃剩下的中餐外卖。最糟糕的日子已经过去，如同他生活中一直以来的那样，情况只会越来越好。活在当下就是享受他今天能爬的每级台阶。在他看来，以他恢复的速度，活到 110 岁仍然大有希望，为什么不乐观一点呢？他花了点时间为自己的好运道谢，尽管这些好运实在是微不足道。他说："有了上帝的帮助，我下星期就能出门了。"

接受失去掌控的事实

弗雷德 · 琼斯 1927 年出生在费城。当时，非洲裔美国男性的预期寿命不到 50 岁。弗雷德的父亲在他两岁半时去世，他的母亲和外祖母做粗活养活他和哥哥。他母亲是裁缝，每星期挣 25 美元；他的外祖母给人打扫房子。他在成长的过程中痴迷于性的神秘之处，到了老龄还是如此。早在我们尚未见面的时候，他就给我讲过恬不知耻地耍弄心机好跟他上床的女人——我后来发现，这是他最喜欢的话题。

他有天在自己的公寓里，坐在一辈子堆积起来的家当中间说："我其实并不知道恋爱是什么意思。"一台勉强能用的电视放在另一台彻底坏掉的电视上面；一辆他从 1967 年就没骑过的自行车与陈旧的宗教宣传册、保险报价单、还装在信封里的照片争夺着空间。“我的意思是说，我爱我哥哥。我喜欢女人，我喜欢跟她们在一起，但我从来没有真正恋爱过——那种你会忘掉其他一切的恋爱。至于女朋友，那是有今天没明天的事。”

他的冰箱上有一张女人的照片，但他说，他早就不给她打电话了，大约就是从她开始谈到结婚的时候。他更在意卧室里的一张照片，那是他母亲的照片。照片的边缘已经卷曲，上面是一位魅力十足的中年女性，她有着坚定的微笑、整齐的卷发、像弗雷德一样的宽额头，比我认识的弗雷德更年轻。她的裙子可能是星期天才穿的最好的裙子。

他说：“我一个人住是好事，因为有人会觉得我疯了。我就站在那里跟她说话：‘我爱您，我感激您为我们做的一切，我小时候不知道自己很穷，因为我们圣诞节总是得到很好的玩具，去学校的时候有体面衣服可穿。’就是追忆往事。我会念叨这些东西。”

他说，他一生中最悲伤的时候就是1979年他母亲去世的时候。他那天下午离开时，她躺在医院的病床上，人还活着。他随后到附近的商场看了一场电影，片名恰巧是《天堂可以等待》[1]（*Heaven Can Wait*）。第二天上午，他回到她的病房，发现床垫已经被卷

---

1 这部影片在1943年获得了奥斯卡最佳影片和最佳导演奖提名，但之后一直被忽视。影片讲述贵族亨利在死后对天堂不抱希望，他认为他的生活受到了很多人的摆布。——编者注

起来了。他说："我知道是怎么回事。我的膝盖都软了，从此以后再也没去看过电影。"他说，"从那天开始，我总是想她，而且会做很长的梦，在梦里看到她，可她总是会消失。"

如果说，弗雷德对生活的感激之情有个起点，那始于他的童年，始于母亲和外祖母的关爱。他的许多故事，不涉及性的故事，都会追溯到这两个女人以及她们的艰苦生活，还有她们为他和哥哥做出的牺牲。他母亲在"大萧条"期间丢了工作之后，弗雷德记得房子里一片冰冷，他们都挤在一个大肚火炉旁，而火炉只能温暖一个房间的一小块地方；饭食是慈善机构提供的。但是，这些并非不愉快的记忆。他说："在你还小的时候，如果你和父母在一起，父母竭尽全力照顾你，即便你们可能很穷，你也会很快乐，因为你只知道这么多。"

他说，即便如此，"我在十七八岁之前都不知道我很穷。我开始读洛克菲勒家族、肯尼迪家族和像他们那样富得流油的人的故事。我们有圣诞玩具，我们有衣服，我们有上学穿的小乐福鞋。我可以花 10 美分从一家陈面包店买一包六个装的糖霜甜甜圈，那是我的午饭"。那段经历让他早早就知道，如果你这样想事情的话，问题只不过是问题。否则它们就是生活——你们这些生者的生活。

后来，他在军队服役并根据《退伍军人法案》上了大学之后，他的一大遗憾就是不能回报外祖母的关爱。他说，拿到第一笔工资之后，他要把外祖母自己缝制的所有内衣都搜罗到一起，"找到最大的垃圾桶，把所有东西都扔进去。我最早挣到的200美元，都要花在她身上。可是，她在我大学毕业的前一年去世了，所以我错过了这个机会。然后，我开始每个月给我母亲寄钱”。

弗雷德的奇迹在于，尽管困难重重，但他总能找到感觉幸运的理由。他被医疗系统推来推去，饱受疼痛折磨，每天都与外部世界更隔绝一点。他的女儿生命垂危，他与另外五个子女基本互不往来。他哥哥是他生命中最亲近的人，一次摔倒的时候碰到了头，患上了影响语言功能的癫痫，所以兄弟俩没法再打电话聊天了。弗雷德泰然接受了这一切。他有天在养老院说：“生活真不错。”

我们总是执迷于掌控感，但我们不得不学着接受失去掌控的事实。如果你认为你能掌控自己的生活，可以操纵它沿着你选择的方向发展，那么老龄就是一种生活和你的对抗，因为它不是你选择的目的地。但是，如果你转而把生活视为对发生在你身上的一连串事件的即兴反应——也就是对客观世界的回应，那么老龄就更像是长篇小说中的另一个章节。与之前的事件不同，人生总归是由不同的事件组成，而且总有些事件似乎是令人不堪承受的。

我敢肯定弗雷德没法留在公寓里。他简直是孤注一掷地拒绝面对现实。这是弗雷德专注于当下的消极一面：他不为未来打算。如果他不吃冰激凌和品客薯片，本可以缓解糖尿病；他原本可以从实际出发，考虑另找一处房子，一处不用爬楼梯的房子，但他不愿意那样想问题。现在他已经回家了，而且显然无法照顾自己。他的积极乐观是好事，但没法帮助他爬上或爬下这 37 级台阶。

但是，几个星期过后，他设法走下了楼梯，自己去了商店，还穿过了一条没有红绿灯的繁忙街道。到了 10 月，尽管我提出开车载他，但在他的坚持之下，我们还是一起做了一次长时间的散步。那是个美妙的小阳春的午后，弗雷德身穿条纹羊毛运动夹克和猩红色针织衫，脚穿矫形鞋。他洗衣服不太及时（也许晚了几年），所以没法穿他想搭配红衬衫的栗色袜子，也没有胸袋用的手帕，但看得出他很高兴能来到户外，而且是独立行走。他刚回家那几天的郁闷情绪已经烟消云散了。

他说："我从来都不想表现得像老人一样。他们闲坐着说：'哦，孩子，我感觉得出来，要下雨了，因为我的腰背很痛。'我觉得讨论疾病没什么可开心的。我喜欢讨论歌曲或电影，还有星期天的橄榄球赛。对我来说，那才是积极的东西。可是大家总说：'哦，我昨晚听到一个声音，我觉得门口有人，有人要闯进来。'我不想听这些事情。我知道会有这种事发生，但这对我的情绪没好处。"

他唱起了最爱的比利 · 埃克斯坦：

果冻果冻果冻

我总惦记着果冻

他说："你知道这首歌吗？"

我的一篇文章在报纸上刊出后，有三位读者与弗雷德取得了联系。一位想来跟他一起祷告，另一位想照顾他，因为他似乎与世隔绝。弗雷德欢迎他们来。第三位是退休高管吉姆·希利，他带弗雷德到公寓附近的汉堡王吃了午饭，然后问弗雷德，如果他在街上捡到几百美元，会怎样做。

弗雷德说，买件西装。

于是他们就买了一件。

弗雷德喜欢紫色的东西，这把购物过程搞得有点复杂，但他多年来一直留意橱窗，所以知道该去哪里。说到男装，弗雷德继承了母亲对色彩的喜好。按他的说法，他一度有过 83 双袜子、25 条皮带和 10—15 条手帕，在他最后一个同居女友搬走并且把梳妆台带走后，他把所有这些东西都塞进了购物袋里。

那件紫色西装是双排扣带条纹的，弗雷德穿上神气极了。他是冬天的狮子，或许是秋天的狮子。他的微笑使我那一年都很快乐。我们聊起来的时候，吉姆·希利像弗雷德一样兴高采烈而心怀感激。他像我一样，知道自己得到的跟付出的同样多。

不因为自己的难处去责怪别人

弗雷德的情况就是这样。他从来不会长时间的沮丧，从不为未来（也就是尚未发生的事情）担心，从不会对他降生的这个世界失去好奇。当然，有一件紫色西装会令他格外开心。这个世界上随处都有礼物。即便在艰难的日子里，他也喜欢陶醉在比较甜蜜的记忆中。

他有天说："嘿，复活节巡游跟以前不一样了。"他边说边又从盒子里掏出一块糖。那是在我给他看了新奥尔良二线巡游的手机视频之后，巡游中有个女人晃动着丰满的臀部。弗雷德说："我记得有一个女人想办法把一只活的小山雀固定在了帽子上，小鸟在喳喳叫。我当时想，嘿，他们真会搞气氛。"这是典型的弗雷德。他会骤然想起什么有趣好玩或仅仅是稀奇古怪的事情，然后他的整个身体似乎就增加了活力。帽子上的活山雀？那有什么不可以？还有一天他说弗吉尼亚州诺福克的水手给他小费，要他带他们去找妓女，那时他才 16 岁。他还给我讲起在性爱之海上遭遇危机的哥们儿。这些是他最喜爱的记忆。他说："我还记得'21'俱乐部，那个女人从豪车里下来，车简直跟这个房间一样长。她穿着裘皮大衣，我不知道值多少钱，但看起来很不错。而且她把一部分裘皮拖在地上。她已经在别的地方喝高了，正往'21'里走，一共两个女人和一个男人。我想，好家伙，你可惹上麻烦了。两个半醉的女人？不好对付啊。"

弗雷德从来不因为自己的难处责怪别人。他把生活搞成了烂摊子，但那是他的烂摊子，所以过这样的生活也是他的福气。这比生活在别人的烂摊子里强。就连失去性趣对他来说也只不过是增加了一样需要适应的事情而已。无论如何，生活的艺术就在于用你拥有的身体过你拥有的生活。性仍然是弗雷德生活中的一部分，它只不过转移到了负责记忆和想象的器官。他说："我不怀念它，我觉得我拥有的已经超过了我应得的。我不爱吹牛。"他指指自己的脑袋说，"现在都在这里呢，这才是关键，问题在这里，区别在这里。我现在要说的是，那家伙不想抬头了。"

他哥哥曾经说，弗雷德的坏脾气会让他蹲监狱。他学会了控制这种坏脾气，学会了接受自己对承诺的反感情绪。这些是他人生故事的经纬线，而生命是他免费获得的礼物。无论他有什么样的堕落行为或不良习惯（他太小气了，所以不酗酒、不赌博），那都不过是让上帝有更多表达爱和宽容的机会。他说："我祷告的时候，是在请求上帝，让我今年成为比去年更好的人。你这里那里都有孩子在长大，你不可能是个特别好的爸爸。所以，我猜他们根本不想来看我。事情就是这样。"

不用困难定义自己的生活

基督教、犹太教、伊斯兰教、佛教、印度教和成摞的励志类书籍都赞扬感恩的美德。西塞罗说这"不仅是最伟大的美德，而且是其他所有美德之母"。G.K. 切斯特顿写道，"感激是思想的最高形式，而感恩是奇迹般倍增的快乐”，他养成习惯，不仅在饭前感恩，而且“在观赏戏剧和歌剧之前感恩；在听音乐会和看哑剧之前感恩；在看书、写生、画画、游泳、击剑、拳击、散步、下棋、跳舞之前都会感恩；甚至在把笔蘸上墨水之前，也都感恩”。

几乎所有人都会在某些时候感恩，尤其是当我们希望得到回报的时候。你感谢主人的美味晚餐，是希望下次再得到邀请。最基本的感恩是社交甜味剂，我们与能够注意到他人善意的人相处起来比较愉快，这样的人会吸引到更多善意。反之，没有人喜欢忘恩负义的家伙。

但是，有些人似乎把感恩设置成了默认状态，即便在没人看到的时候也是这样。他们的生活未必比别人更美满，但他们找到了更多理由，为他们得到的小小回报道谢。弗雷德·琼斯是他们中的一个。道谢使他快乐，快乐使他更加感恩，而这又使他更加快乐。

2015 年，南加利福尼亚大学的研究人员着手研究人的大脑在感恩时的状态。他们借助功能性磁共振成像扫描仪，把大屠杀幸存者自述得到陌生人善待的简短文字发给 23 名实验对象，要求他们想象自己处在受善待者的位置上。有些礼物很小，比如，一块陈面包。有些则涉及巨大的牺牲和风险，比如，在纳粹军队逼近的时候提供藏身之处。他们要求实验对象评定自己对这些礼物的感恩等级，研究人员随后标注出大脑被触发的区域。

扫描显示实验对象的大脑有多个部分出现活动，表明感恩涉及一系列情感回应，即便只是小恩惠也不例外。实验对象的大脑中，不仅奖赏中心被激活，与他们得到的恩惠相一致，而且道德和社交处理中心也被激活，对赠送礼物的人做出了回应。这些实验对象越是表示感恩，他们负责道德和社会认知的大脑区域的回应就越强烈。这往往与恩惠的大小无关。正如这些实验对象体验到的那样，感恩涉及与他人的关系，而不光是得到的好处。

其中的含义非常有趣。如果一位营销人员对你说："我们在您这个地区推出了一款新产品，我们想听听您的意见。"然后递给你一块极其美味的馅饼，你的奖赏中心会像焰火一样熊熊燃烧，但你的道德和社会处理中心可能不会。你是在对馅饼而非给你馅饼的人做出回应。但是，如果一个邻居给你同样的馅饼，大脑就会激活所有区域。即便邻居的馅饼只有一半大，或者没那么好吃，情况也还是这样。感恩之心并不完全取决于你感谢的东西，而是取决于你感谢的人。不愿感恩的人在接受邻居的礼物时，大脑中的社会和道德处理中心没有多大回应。

这个实验还表明，感恩之心有可能伴随磨难而来。你未必只有在安适的处境中才会怀有感激之情。除了没有面包的难民之外，没有人会嫉妒拿着一块陈面包的大屠杀难民。艰苦生活如同安逸生活一样，会给人许多感恩的机会。

我们很容易在弗雷德身上看到这一点，他完全有理由对自己的困境耿耿于怀，但他没有这样做。通过对哪怕小小的愉悦（一球冰激凌或者邻居的微笑）表示感谢，他放大了这些愉悦，缩小了抱怨或嫉妒的空间。道谢也缓解了他的隔绝状态，因为这在精神上把他与自身之外的力量联系在了一起。他认为世界是个希望他快乐的仁爱之所，这对在南方贫困家庭长大的非裔美国男子来说，是一种很不寻常的思维模式。我有时担心自己在犯下年轻时的马克·吐温的错误。马克·吐温曾疑惑地问一个家奴："你活了60岁，没有遇到任何麻烦，你是怎么做到的？"结果，她讲了一大通生活中的不幸。但是，弗雷德总是坦率地讲述自己的困难。他只是不用这些困难来定义自己的生活。

那一年当中，我经常问他是怎么做到的。他似乎从来都理解不了这个问题；他感谢的东西那么简单，那么唾手可得，从中得到快乐就像呼吸一样容易。他通过感恩获得正面情绪，从而让自己有快乐地活下去的力量。他不想要与现在不同的人生。他说："我的目标是活着，快乐，享受生活，聊天，和朋友们一起玩个痛快，星期天去教堂，交朋友，时不时地出去吃个晚饭，日子会过得很快。"

很明显，我母亲就没有这种满足感和感恩之情。尽管她的生活比弗雷德舒适，但他们对未来的日子有着不同的展望。弗雷德的生活经历告诉他，最可怕的困难是暂时的，所以他不会整天想着这些困难。我父亲也有这样的乐观情绪，他相信世界会变得越来越好，“疾病”只不过是人类中的天才有朝一日会消除的又一个字眼。我母亲的困难就是慢性背痛，她知道疼痛只会越来越严重，于是耗费了大量精力寻找良方，而这些方子大多令她失望。弗雷德接受理疗的时候坚信他还能爬楼梯；我母亲则拒绝理疗，因为她知道背痛只会加剧。

在21世纪的大部分时间里，加利福尼亚大学戴维斯分校的心理学教授罗伯特·A. 埃蒙斯都在研究弗雷德这种人的感恩之心产生的正面效应，以及如何把这种观念灌输给并非天生知道感恩的人。早在2003年，他和迈阿密大学的迈克尔·E. 麦卡洛就着手评估，道谢是否会改变人们对生活的态度，或者有积极人生观的人是否会更知道感恩。在一系列不同长度和强度的实验中，他们要求实验对象用日记记录下他们感激的东西（第一组实验对象）或者让他们感到恼火或烦心的东西（第二组实验对象），要求第三组写下某件发生在他们身上的事或者自己比别人强的方面。在每个实验中，这三组起初的感恩程度差不多。有两个实验中的实验对象是大学生；有一个实验中的实验对象是有神经肌肉疾病的人。这些实验持续的时间从2个星期到9个星期不等。

在每项研究中，被要求写下感激的东西的研究对象描述说，在接下来的数星期或者数天里，他们的幸福感和乐观情绪出现提升。他们记录得越频繁，这种效应就越强。基于研究的构建方式，他们还描述了其他正面效应：他们增加了锻炼，睡得更香了，起床的时候精力更充沛了，或者更愿意帮助其他遇到麻烦的人了。在后两项实验中，埃蒙斯及研究人员发现，道谢的人血压较低，炎症较少，免疫功能较强，压力荷尔蒙皮质醇水平较低。

这些 2003 年的研究还有一个发现是，只写下自己在哪些方面强于别人并不能带来同样的好处。意识到自己的有利条件还不够，我们必须要为此心怀感激。弗雷德的困难比大多数人都要多，但他非常有感恩之心，想活到 110 岁。我母亲比大多数人的条件优越，却认为生命没有意义。一方面，单单拥有有利条件（即便能意识得到）还不够，因为我们也许会失去这些条件。另一方面，感恩之心是肯定世界对你有所馈赠，而且可能会继续发生。

只想今天，不想更远

下面这句话总能让弗雷德感到快乐。他说：“我妻子从来不出轨，因为我从来没有过妻子。”他整张脸容光焕发，轻声地咯咯笑着。12 月初，我们待在他的公寓里，女儿带给他的感恩节剩菜令他心满意足。天气开始转冷了，由于一年到头与外界的气候隔绝，加上房东的服务极差，所以公寓内憋闷而阴寒。他脑子里回响的音乐是埃拉·菲茨杰拉德的《宝贝儿宝贝儿》、拉斯·科伦坡的《爱的囚徒》（是这首歌格外花哨和浪漫的一个版本）以及科尔曼·霍金斯的《灵与肉》。弗雷德还记得在索威舞厅伴着霍金斯大乐队的音乐跳舞的情景。弗雷德说："哦，天哪，他用次中音萨克斯独奏，美极了。"我们相处的一年快结束了，这是个反思的机会，于是我向他问起他的年轻时代，以及他年轻时对老年有什么期待。

他的回答完全是弗雷德式的。他说："活在当下，亲爱的主啊，活在当下。我只想今天，不想更远。然后明天我就想着明天，就是这样。"

回想起来，你可以把弗雷德的许多困难归结于他的这种态度，但他没有。相反，他专注于他仍然能享受的乐趣。与他共事或者交往过的那么多人都去世了，没法享受晴朗的日子或者迎接社会保障金支票的到来，而他无论多么体弱多病，毕竟还活着。尘世间的生活本来就不该是完美的；它就该是生活——只要想一想，就觉得够神奇的。

他说："我不认识其他地方。我在这里的时候，世界上有那么多东西让我快乐。现在，要是活到110多岁，我希望这些年都健健康康的。如果我需要有人帮我做饭，那没关系。但是，我喜欢自己洗澡、穿衣服、梳头。除了做我喜欢的事情，比如逛街，我没有其他愿望。"

弗雷德沉默了。一年当中白昼最短的日子即将到来，路边的街灯把倾斜的阴影投进了客厅。我们处在那种尴尬的男性沉默之中：我们都不想说感伤的话，但我们也不想道别。在所有这些老人当中，弗雷德是最不好说服和最容易吐露心事的一个，他的生活当中还有一些他不愿开放的角落。我问他对即将到来的一年有什么期盼。展望未来对弗雷德来说始终是个挑战，也许是因为每年都会给他带来他不需要的麻烦。

他说："明年？我期待整年都是 89 岁，直到 2017 年 3 月，那时候我就期待活到 90 岁。"他咯咯地笑了。他小时候熟悉诺福克尘土飞扬的街道，直到现在都喜欢在身前挥舞拐杖，就像他年轻时见到的衣着奢华的酒商一样。他说，他希望自己明年能成为一个更好的人，但他不抱太大期望。他说："我不下决心。我实现不了。"

这一年开始时，他正在一所养老院做第一次康复，所以从某种意义上讲，他在这一年结束时的状况比开始时好。但是，他是个来日无多的人，而且聪明得足以意识到这一点。他只是不选择这样看待自己的生活。也许这是一种防卫机制，他用对性的讨论掩盖他对自己作为父亲和伴侣的自我怀疑，这支撑着他度过余年，给了他一个高兴的念想。在我最后几次探望弗雷德的其中一次，他的公寓有些地方差不多是漆黑一片，因为他没法爬上梯子去换灯泡。在厨房，他已经无法抬高胳膊去拉灯绳开灯。独自生活在黑暗中的老人——那是我一年前打算做的报道。如今，这个题目显得不那么具有启示性了，他的人生比那有意思得多。我帮他换了灯泡，加长了厨房的灯绳。这违反了记者的规定——报道新闻，不要制造新闻，但我估计爱德华 R. 莫罗[1]和其他人的鬼魂会原谅我的。在成为传奇之前，他们也是老先生或者老太太。

弗雷克毫无窘色地接受了帮助。他像他的公寓一样摇摇欲坠，但至少他有灯光照明。谁都说不好他能否活到这些新灯泡需要更换的时候，但在明亮的灯光下，他愿意说，他能活到那时候。弗雷德就是这样。也许我这时已经应该开始想念他了。他说："他们怎么说天美时手表来着？出过毛病，但一直在走。"那不是乔尔·欧斯汀的话，但也能勉强算数。"这就是我的感觉。我出过些毛病，但谢天谢地，我还在走。真是这样。"

---

1 爱德华 R. 莫罗（Edward R. Murrow），1908 年出生于美国北卡罗来纳州，1965 年去世。他是美国电视广播新闻业的先驱，影响了新闻业的发展。——编者注

Lessons
from a Year
Among
the Oldest Old

第八章

为老年做好准备

快乐就是，你有个好地方住，钱够花，家庭美满，就这么简单。享乐的时候不要以自己的健康或经济保障为代价，要懂得正确而不是错误地花钱。

最重要的是，给最后的日子留足钱。

“我更老了，所以我得让自己感受好一点。”

我们从来不谈死亡。有什么用呢？如果你老了，你就是会死。我们下楼玩牌。在我们这个年纪，你得做好准备。

——黄萍（90 岁）

与竭力做到老来经济有保障的弗雷德相比，黄萍几乎一无所有。她在唐人街的一个诊所工作的时候，收入还达不到最低工资标准，将近 80 岁时退休，没有储蓄，仅靠每个月 700 美元的补充性保障福利过活。她从中国香港迁到美国已经 30 年了，还是只会讲最简单的英语。她丈夫和她的两个姐妹已经去世，唯一的儿子在广东的一家百货商场被杀害。尽管她接受了两次髋骨置换手术，但背部和腿部的风湿还是会在她行走时造成疼痛。

我在她位于格拉默西公园附近那套整洁的公寓里见到她时，她只有一件事要抱怨，那就是抱怨个没完的老人。

她说:“大家总是抱怨身体不好，或者说，今天我得去看医生。他们好多人都是这样，说实话，是大多数人。他们觉得如果自己抱怨，别人就会同情，可我觉得恰恰相反。谁能帮助你？一点点疼——就忍一下，让你自己坚强一点，深呼吸，想尽办法让自己好起来。”

我们认识的时候，她 89 岁，东拼西凑出来的生活好于她的想象。她在城里的富人区有一套便宜得离谱的公寓；托医疗补助制度的福，她有一个负责所有烹饪、清洁和采购工作的家庭看护；有食品券和上门送餐服务；每天还在这幢楼的活动室里跟同样讲粤语的同伴打麻将。她这辈子第一次有了属于自己的轻松自在和空闲时间，她的需求得到了满足，不需要对别人承担义务。她从不感到孤单，因为身边总有朋友陪伴。与她工作、养家、护理奄奄一息的丈夫的那几十年相比，她在经济上更有保障了，烦恼也少了。她说：“我们在享受生活。虽然我们不富裕，但我们的生活很体面，比以前好。我想买什么就买什么，连很贵的毛料都可以买，以前想买的话是很难的。”

几乎从我认识黄萍的那一刻起，她就开始传授经验了。她似乎经常把这些经验从一种语言翻译成另一种语言，一会儿说粤语，一会儿说英语，梳理每种语言当中不同的微妙之处。她认为老龄同其他任何年龄一样，是一个人生阶段，在这个阶段，“你必须尽量让自己快乐”。她说，所有人都会变老，“这是一种经历。你得随时撑住。不要想那些让人难受的事情，要想到所有美好的事情，比如，你年轻的时候，你是多么开心，就像我和我丈夫，他是个多好的人啊。我从来不会想，哦，我丈夫不在了，我多难过啊。不，从来不会。我总是想，他永远和我在一起。所以我能撑得住。”

好好利用社会福利和服务

认识黄萍之前，我花了几个星期时间探访华裔和韩裔老年中心，总是带着个翻译，还通过为拉美裔服务的社会服务机构结识拉美裔老人。如果不包含把全世界的文化价值观和实践带到人生最后阶段的移民老人，那么对美国（尤其是纽约）老龄人口的描述将是不完整的。几年前，昆斯区的一些老龄韩裔园丁与市政府公务员发生了激烈口角，原因是园林局试图接管他们的社区花园，而那是他们的老年中心利用一块遍布垃圾的荒地改造而成的。一位园丁扬言要用一罐汽油自焚，在警察局人质谈判小组的劝说下才作罢。在另一起事件中，警方接到报警，要求他们赶走一家麦当劳里的一群韩裔老人，因为他们整天待在那里，有时从清早待到天黑。

无论你来自哪里，纽约这样的城市可能都是养老的好地方。步行就能抵达商店和诊所，公共交通发达，所以不用开车也可以到处跑。无论你讲哪种语言，都能找到讲同样语言的群体，包括医生和社工。没人想成为亚利桑那州一个与世隔绝的退休社区里唯一讲闽南话的人，或者斯廷波特·斯普林斯的国标舞课上唯一讲他加禄语的人。

因此，尽管这座城市的本地老人数量减少，但老年移民的数量却出现激增的现象。城市未来中心2013年的一项研究发现，在65岁以上的纽约人当中，有将近一半出生在外国。在全国范围，这个数字接近11%，从1960年开始持续下降。有些人（比如，乔纳斯·梅卡斯）年轻时代就来到这里，顺利地被这座城市同化。还有些人（比如，我在华裔或韩裔老年中心认识的人）来得比较晚，往往是被子女带来照料孙辈的，现在独自生活，不需要承担义务，也没有明确的人生目标。他们不怎么前往本民族聚居地以外的地方。在出生于外国的纽约老人当中，有将近四分之一生活贫困，将近三分之二英语熟练程度有限。该报告说，中国仅次于多米尼加共和国，是第二大原籍国，而来自中国的老人只有8%

能讲流利的英语。这些障碍降低了老年移民利用现有的支持服务的可能性，增大了与世隔绝、孤独和抑郁的可能性。

昆斯区法拉盛庞大的韩裔美国人老年中心，正常情况下一天要为1300人提供服务。一位名叫金善的85岁女性给了我一些建议。她说："别待在家里，学点东西。"她本人因为自己的国家遭朝鲜入侵而中断了学业。当我问她年轻人应该从长辈身上学点什么时，她嘲笑了这种想法。她说："你们这一代比我们这一代强，所以你没什么可从我这里学的。你有更多机会，我们可以向你们这一代学习，我被战争害得没有机会学习。这不是什么痛苦经历。我的女儿们去上学，受教育，但我觉得我本来可以学得更多。"

我以为他们会思念或怀恋自己的出生国。美国文化是以漠视老人著称的，但我发现情况恰恰相反。我认识的所有人都不想回国，因为除非你很富有，否则老人回国后的生活更艰难。因此，他们互相紧挨着坐在荧光灯下的长桌旁吃热乎乎的饭、玩宾果游戏，或者看本国文字的报纸。很少有人讲英语。一位名叫钱倩的女士20世纪60年代跟随女儿从中国香港来到美国。她说，她不喜欢美国人对待老人的方式，但又马上纠正了自己的说法。她每个月领到将近1000美元的食品券和补充性保障收入，每个月只需要为她的廉租公寓支付略高于200美元的租金。她说："差不多够用了，我认识的老人十有八九都享受这样的福利。"她还说，子女偶尔也给她零花钱。

冬天的一个下午，在她的公寓里，她炫耀自己朝南的窗户。她说：“这样光照最好，皇帝总是要面朝南的。”她的烦恼不在于年老，而在于她那个搬去了北卡罗来纳州、从不给她打电话的女儿。钱倩说：“她有钱、有时间去旅行，但抽不出时间到这里来。我的要求不高，只要打几个电话就行。她都不肯打，她快忘记我这个妈妈了。因为她在这里太久了，已经接受美国方式了。”

钱倩的儿子亨利正好从康涅狄格州过来看望她。他说，美国与中国的差别是，在中国，孩子理应照顾年老的父母，而在美国，这是政府的责任。他为自己的姐姐辩解，他说：“母亲节那天，她打过电话。”

钱倩说：“春节、生日和圣诞节，她会打电话，就是数得过来的几个日子。我有3年没见过她了。我不指望她总来看我，一天就行。有时候我特别想她，我一个人时会掉眼泪。”

最后，她说：“我很难过的是，我的孙子孙女完全不会讲中国话。他们都是在这里出生的。也许能说几个词，比如‘你好’或者‘奶奶’，但是很难交流。因为语言不通，我都没有他们的电话号码，而且他们很忙。”

我在老年中心遇到的其他人在社交方面有的合群，有的孤僻，有的很活跃，有的久坐不动，有的满意，有的沮丧，有的等死，有的迫切想活下去。当我遇到黄萍的时候，在她身上体现了所有这一切，而且还不止。

年老之后，成就还有多重要?

黄萍在我们第一次见面时就展现出她特有的语言风格。她说："我不孤单，因为我来这里的时候，找了个给菲律宾心脏医生当翻译的工作。我在那里工作了8年,算是个过得去的翻译。在这里，楼里有30个华人租户，其中18个是广东人，所以我帮助老板接待华人。我们差不多每天都打麻将，所以我虽然一个人住，但还是很快乐。只要有牌局，她们就叫我过去。"

随着我逐渐了解黄萍，我开始注意到她的叙事模式。大多数故事会引出关于她人生中其他某个部分的简短经历，之后或者之前是一些人生建议，最后总是以麻将结尾。我看她打过几次麻将，并且惊讶地发现，除了向我解释游戏规则之外，这些女人打麻将的时候几乎一声不吭。黄萍有天下午在活动室的牌桌上解释说："麻将靠打不靠说。我们没有精力顾别的，只能打。"

黄萍那年的大事是她一年一度跟女儿去大西洋城的旅行。近年来，那里有许多赌场关门，但对黄萍来说，这些旅行仍然是她期待的重头戏。然后，在4月，距离她90岁生日还有两星期的时候，她似乎陷入了情绪异常低落的状态。黄萍有个习惯，讲英语时会在无法预料的时刻大笑，也许是为了掩饰她讲这种语言时的别扭感觉，但这一天，她显然很沮丧：她确定自己不太舒服，不能去大西洋城。对于她患有风湿的身体而言，3小时的车程太长了。她垂头丧气地说："当然，我为自己感到难过。我不想那么老。你越来越壮，我却越来越弱。"

她似乎越说越难过，就好像她突然被迫面对一直以来刻意逃避的事实。她说："我告诉你一件有意思的事，有时候我不想活得太久。痛得太厉害了，我的骨头痛得要死。所以我有时候想死，不想活了。90岁，活得够长了。"

她很少会这样，而且这种情绪不会持续太久。这些话似乎使她有点不自然，等到我走的时候，她的语调已经恢复正常。但是，我不知道自己该相信她多少。

这种谈话中的反转（一会儿庆幸她的好运，紧接着又感到绝望）起初令我感到困惑，让我觉得黄萍积极向上的一面可能是为了给她楼里的租户或者同龄伙伴营造的一种快乐的假象。无论如何，谁都不想让别人觉得自己生活在沮丧的深渊里。不过，随着时间的推移，我逐渐发现黄萍对自己老龄的矛盾看法是一种自我调节。满足感对她来说不是一种毫无来由的快乐，而是坦率承认自己生活中的困难——使她无法前往大西洋城的疼痛、失去丈夫和儿子的痛苦。这些老人当中的每一位在某种程度上都有上述的复杂感情，但对黄萍而言，由于语言障碍，所以表现得格外明显。

这显然是关于困境的经验，来自深谙此种处境的人。老年学专家认为，这种保持复杂感情而不试图加以化解的倾向是长者的智慧之一，是他们意识到了生活未必十全十美才算好，而且永远不会十全十美。麻烦总是伴随着我们，摆脱这一个或者那一个并不会使我们快乐，那样只不过会把另一个困难挪到队伍的最前面来。康奈尔大学的卡尔·皮莱默阐述了“尽管……还是快乐”与“只有……才会快乐”的区别，前者是变老的好处，后者是年轻的烦恼。“尽管……还是快乐”的含义是选择快乐，它承认问题，但不会让这些问题阻碍满足感。“只有……才会快乐”是把快乐与外部条件挂钩，只有当我更有钱、疼痛少一点、配偶或房子好一点，我才会特别快乐。“只有……才会快乐”使人一掷千金地买彩票或者冲动购物，但并不能真正给人带来任何快乐。相比之下，黄萍不指望她的困难会消失，所以没有把她的快乐与困难消失挂钩。她说，她年轻的时候觉得移民美国就能解决问题，但后来发现只不过是用新问题取代了老问题。她的经验是，要通过接受而不是消除痛苦和损失来获得快乐。

尽管这经验听起来很简单，但我发现它是最难实践的经验之一。我人生中的大部分成就（尤其是职业生涯中的成就）源自摒弃令我不满的事物，不是接受困境，而是努力抗拒它。我当然从未摆脱过困境，只不过发现了它的新面目，我的努力成了一种推动力。与黄萍和其他老人相处就是要重新审视这些成就，以及我们为之付出的努力。在 80 岁或 90 岁后，成就还有多重要？在我与老人们共处的一年里，他们都没有谈到自己的职业成就——考虑到我们把生命中的大量时间用于工作或者沉溺于工作，这真是令人惊讶。就连还在创作重要作品的乔纳斯·梅卡斯都是如此。老人们也从不提及他们克服的障碍。不知怎的，这些东西似乎不再是衡量人生的标尺。大多数人很高兴退休，只怀念职场的同事情谊。他们谈到的反而是家人或者亲密关系，他们衡量这些东西与衡量个人成就的标准不同——即便他们更富有或者地位更显赫，对子女的爱也不会因此变多。

研究人员认为，我们每个人都有个大致的“设定值”，也就是我们在生活的起起落落中上下浮动的平均快乐水平。如果有好事发生——比如，我们赢了彩票，我们会高兴一阵子，但最后或多或少会恢复到之前的状态。遇到挫折也是一样。这个设定值似乎以基因和环境的某种组合方式为基础，解释了为什么有些人在危险环境中仍会快乐，而另一些人在令人艳羡的环境中都感到痛苦。但是，有证据表明，我们不是设定值的奴隶——我们可以实施经常性的感恩或利他主义行为，不为自己的麻烦焦虑个没完，从而提高这个设定值。黄萍接受疼痛是生活的一部分（不是快乐的障碍，而是伴随快乐而来），从而保持了乐观情绪。如果她要在生活中获得任何满足感，那是伴随风湿痛和其他损失而来的。她说，快乐就是“你有个好地方住，钱够花，家庭美满，就这么简单。你要趁着年轻的时候去实现自己的梦想。我那时候喜欢旅行，世界多么精彩、多么不同！你应该周游世界，用你的钱去见世面”。

认清虚假的需求

黄萍的建议特别多。她说，趁你年轻的时候去看看世界。要挣钱，要花钱，要玩个痛快。享乐的时候不要以自己的健康或经济保障为代价，要对生活知足。她有一天说："工作是快乐的，能让你活得更久。"她经常谈到为生命终结做准备，她的意思是在经济上而不是在思想上做准备。她说："最重要的是给最后的日子留足钱。这里的一个租户是从中国来的农民，不肯谈自己的丧事。她说：'如果我死了，让他们把我扔到垃圾堆里去吧。我干吗要为丧事掏钱？'"那一年里，黄萍把这段故事重复了好几遍，总是带着同样的不赞成态度和她自己已经做好了充分准备的自豪感。

黄萍和韩裔老年中心的金善一样，不相信年老会带来智慧的增加。她说："年轻人应该比老人强很多。科学的发展让事情每天都在发生变化。现在人类都可以到月亮上去了，老人可想不到这个。年轻人关注过去的事情没什么好玩的，过去的事情大多数都是过去式甚至消失了，因为世界在往前发展。"

另一方面，她说："年轻的时候，你不知道快乐或者悲伤是什么意思。"她像其他老人一样，在生活中损失了太多东西，所以知道哪怕是最严重的损失，也只有在她把它看成灾难的时候才具有灾难性。她有天提到一个邻居最近去世，还有一个搬到养老院去接受失智症护理。她说，这两个损失都让她很痛苦，但悲伤也可以具有治疗作用。她说："这让人伤心，但这种事情总是有的。人生太顺不是什么好事，你要训练大脑应付艰难的挑战。事情过去之后，就不要再想了。下一次要汲取经验，我从损失中学到了东西。如果你从来没遇到过倒霉事，遇到的时候就不知道该怎么处理。"

当我把自己的生活与黄萍对比时，我惊讶地发现，我有那么多"需求"都是她没有但也设法凑合过来的：职业成就、父母的认可、美满的婚姻、健身时间、农夫集市上新鲜的豆芽、费用昂贵的公寓。尽管我不想放弃所有这一切，但与黄萍相处帮我看清了它们是虚假的需求，意味着需要耗费大量时间和精力，但只在有些时候才能得到回报。就连丧失一定的行动能力（我的右脚因为韧带撕裂而穿上了步行靴）都不会像我之前以为的那样影响我。我的生活仍然是我的生活，仍然是我在过我的生活。黄萍的经验之一是，我可以保留这些"需求"，但我应该基于它们的实际价值，而不是当作我害怕失去的东西来加以珍惜。不同的工作、不同的住房、腰间赘肉又增加了一点，这些都不会显著改变我的生活。它们并不像我以为的那样重要。

年中的一天，在唐人街的一家点心店，我问黄萍，她会给年轻时的自己什么忠告。她邀请我跟她女儿伊莱恩一起外出。伊莱恩住在新泽西州，当时 62 岁。伊莱恩说，跟母亲在一起的时候，她经常想到自己的老年。她说：“我看着她，会想到我老了之后是什么样。我想我不会像妈妈这样健康，她看起来比我健康。她总去锻炼身体，我很懒。”黄萍居住的那个楼里开设固定的健身课程，她过去几年一直都参加，但我认识黄萍的时候，她也说自己太懒，所以不去锻炼了。伊莱恩说，在过去的一年间，她发现母亲出现了失忆的症状，而且最近越发频繁。这一天，黄萍似乎因为花力气外出而感到既疲乏又兴奋，还因为气候潮湿而浑身疼痛。她说，她最近在看西德尼·谢尔顿[1]的小说，她很喜欢，因为这些小说使她沉浸在主人公的喜悦和绝望之中。

她的建议似乎既是给年轻时的自己提的，也是给女儿提的。她说：“我会告诉年轻人，不要想着自己变老的事。总想着老了以后、老了以后，老了以后是不好的。老了当然很可怜，或者一部分是好的，一部分是不好的。你怎么知道？所以我要告诉他们，别想得那么远。想想眼前的事，怎么保证积极向上、健康、挣到钱就行，还有怎么正确而不是错误地花钱。没必要想着变老，保证健康、强壮、挣到钱就行。”她开怀大笑，好像要驱散所有自怨自艾的气息。她说：“世界越变越好。要说我自己的生活，我也越来越好。”

---

1 美国传奇作家西德尼·谢尔顿是当今世界顶级的说故事高手，也是作品被翻译成最多国语言的作家，全球有180个国家引进了他的作品，其作品共计被翻译成51种语言，全球总销量逾3亿册，该项纪录于1997年被列入吉尼斯世界纪录大全。——编者注

运气帮了她大忙。2005 年，黄萍偶然在一份中文报纸上看到一则关于曼哈顿格拉默西公园附近的一幢新建老年廉租公寓的启事，租金不超过住户扣除医疗支出后的净收入的 30%。第一批有超过 700 人申请，但黄萍是最早入选的人之一，她甚至得到了一套有两间卧室的公寓，还因为帮助管理不会讲英语的华人住户而每星期领取 50 美元的补贴。作为回报，她的一个新邻居告诉她可以从哪里申请一位免费的家庭看护。她说，这些福利使她能够“独立”，也就是说，她不用跟女儿住在一起。因为乘车上班直到将近 80 岁，所以她觉得自己现在有权获得政府的支持。

她找到的这幢楼是卡布里尼公寓，配备了内部社工，还偶尔组织活动，楼房管理员菲利普 · 迪恩斯特意结识了所有住户。私下里，住户们帮助彼此去借助可用的社会服务。被黄萍称作“老板”的菲尔 · 迪恩斯说，在对付包括家庭护理机构、辅助运输服务和食品券在内的市政官僚体系方面，她“超出了平均水平”。他说：“她清楚这一点，但不知道该怎样加以利用。”他还说，她非常外向，而且跟楼里的社工关系融洽。

尽管她有健康问题，尤其是关节疼痛，但她努力把心思放在其他事情上。她有天说：“我从没想过死。死是一件想起来就令人非常不愉快的事情。我躺在床上，舒舒服服的，但我说，要动一动。老人应该学着不要抱怨太多。别人不会安慰你，你应该安慰自己。”

她会做选择。她不喜欢锻炼，所以她通过照看窗台上的花草来保持身体活跃。当她的联邦医疗保险处方药物保险计划停止负担她用来缓解风湿痛的远疼贴贴片时，她把现有的贴片剪成小块，还服用泰诺作为辅助，足以缓解疼痛并支撑她完成日常活动和麻将牌局。打麻将也使她能活动双臂和锻炼大脑，让她留在能保持活力的社交世界里。她说，定期打麻将使她不至于感到无聊或者孤单。她有天赢了一圈，要大家把牌推到她这边来，因为她的胳膊伸到那么远会感到疼痛。她在桌边说：“你要动脑子，要活动身体，哪怕光是手也好。”她说，好日子就是“我赢了麻将的日子，我觉得快乐。我们打麻将不是为了赢钱，但努力去打赢会让我的脑子更灵活”。

当我向黄萍询问长寿的秘诀时，她说：“首先你必须让自己快乐。没有人能说，我没遇上过不好的日子、艰难的日子。你这一辈子当然会有好日子和不好的日子。我儿子没了的时候，我有两年都睡不好觉，整整两年，每天晚上都睡不好。后来我调整了自己，因为我在这边有个特别孝顺的女儿。我对自己在这边的生活相当满意，我能住在这栋楼里真的很幸运。”

黄萍就是这样教给我如何像老人那样思考的：尽量灵活，要不断调整目标或者人生的意义所在。年轻人可能会因为取消大西洋城之行而久久无法摆脱失望的情绪，执意觉得这次旅行会使她与众不同。但黄萍却发泄了出来。她知道如何放弃曾经对她很重要，而如今已不再重要的东西，知道在她能得到的所有东西中选择快乐。

这条经验使我的生活轻松多了。满足我的虚假需求是项浩大的工程，一旦我开始放手，就得到了解放，可以专注于更有回报或者更加持久的东西。这也意味着我可以不再为所有自己觉得该做却没有做的事情而感到内疚。别人可以去做正念练习，而我可以找台碎纸机处理我的旧银行对账单。事实表明，农夫集市上的新鲜豆芽检验合格。它们不需要费劲处理，而且能让我吃得有营养。我生活中的其他东西并不那么重要：我的一半衣服和其他财产，工作中或者社交媒体上的争吵，某些实在令我不快的朋友和家庭成员——我都可以直接放手，毫不留恋。

老人认为重要的东西往往会令年轻人感到困惑。1993 年到 1994 年，4 所大学医疗中心的研究人员问 80 岁以上的住院病人，他们愿意以目前的健康状况活一年还是以非常健康的状态活一个较短的时期。然后，他们问这些病人的医疗代理人（往往是子女）觉得病人会怎样回答。这是在测试老人（尤其是有严重健康问题的老人）有多看重自己的剩余寿命。代理人认为，问题是明摆着的：患病的八旬老人当然会放弃卧床住院的时间，选择比较健康但短一些的人生。但是，老人们的回答让他们大吃一惊。大多数人说，他们只愿意为非常健康的状态放弃顶多一个月的生命，有 40% 的人说，他们一点时间都不愿放弃。他们选择时间而不是健康。当这些病人一年后再次接受访谈时，他们愿意为非常健康的状态放弃的时间更少了，平均是两个星期。

失智症是许多年轻人最大的恐惧，但英国精神健康基金会 2010 年对 44 名失智症患者的生活进行调查的一份报告显示，就连失智症患者，都远比他们的护理人更认可生活质量。这些研究人员以为人们会根据自己的病况评估生活质量——大脑越退化，生活质量越差。这也是护理人的看法，他们通常是家庭看护者。他们认为患病父母的生活质量很差，而且越来越差。但是，失智症患者本人对自己的生活有不同看法，评判生活质量的标准不是他们失去的东西，而是他们能做的事情——与朋友或家人共度时光，在智力上挑战自己，享受大自然。他们并不认为失智症是关于他们的最重要的事情。

正如研究人员所说的那样："在情绪、感受和精神健康方面，失智症对一个人的生活质量的影响可能与我们预想的不同。"即便随着病情加重，他们的记忆和认知能力被剥夺了更多，但他们对生活质量的评估仍然不变。研究人员说，这既"违背直觉"，又是"重大发现，更多的人开始使用生前遗嘱，人们其实是在通过这种方式预言他们未来可能对患有某些特定疾病的生活有什么感受”。很显然，对许多病人的看护者来说，失智症降低了生活质量，而在阿尔茨海默症和其他失智症的破坏力的问题上，我们最常听到的就是他们的观点。

到了5月过生日的时候，黄萍觉得身体不错，和女儿一起去吃了自助午餐和晚餐。然后，在夏末，她得到了一份惊喜：她的儿媳和孙子从中国来看她，还打算去大西洋城。他们要带来一个她素未谋面的曾孙。这让黄萍开始重新考虑自己的疼痛问题。这种疼痛真是完全不可掌控的吗？抑或是她可以为享受见到家人的愉悦而忍受的东西？哪个对她更重要？3小时的车程似乎不再是她生活中最重大的事。尽管她知道自己要忍受疼痛，但还是决定，无论如何都要去大西洋城。她后来说，这是她夏天做的最明智的决定。她说：“当你很快乐的时候，你会忘掉一切，我们一路上都在聊天，所以我忘了身体的疼痛。”

不过，这一年里，黄萍的一些变化是可以察觉到的。她的话变得更加前言不搭后语，而且很难保持连贯的思维。然后，在2016年2月，出现了令人不安的迹象。她打电话说要跟我谈点非常重要的事情，不能等。但等我到了她的公寓，她却想不起自己为什么打电话了。她为自己的糊涂哈哈大笑，她说：“老了，记不住事了。”但这次失忆显然令她不安。这是新动向，是采访项目中的六位老人一直有可能出现的动向。她缓缓站起身来，环顾房间，好像在为自己失去思路而感到惊讶。它跑到哪里去了？但她无疑还是那个黄萍，用漫长人生的零散碎片构建自己。她看到过朋友患上失智症。现在，她的一块碎片也不见了。她用哈哈大笑掩饰自己的尴尬。这是否意味着她明天会忘记更多的东西？抑或在她见多识广、勇往直前的一生中，这只不过是又一个损失而已？最后，她想起来了——她想让我向楼房管理员投诉她的新油地毡。这就是年老的矛盾力量——一股朝向秩序，另一股朝向衰败：尽管记忆滑向紊乱，但黄萍还是在努力坚持着塑造自己的世界。

当我几个月后再一次去探望她时，她糊涂的迹象不见了。记忆和年老也是这样，好日子和不好的日子，这两者都不能保证明天仍会如此。她清楚地讲述了自己在需要用配给券买米的时代的生活，以及她在这幢楼里最初几年的生活。她又快过生日了，可能会再去大西洋城——她不太确定。如同我以前探望时一样，她炫耀了去欧洲旅行带回的纪念品，包括从捷克共和国带回的红酒杯，这一切提醒她，即便现在很少离开这幢楼，她也还是个旅行者。

黄萍的家庭看护拿出一张黄萍年轻时的照片，黄萍笑了。她说："她想让你看看我原来有多漂亮。"她停下来，又笑了，"那是以前，现在已经是老太太了。"

不过，她仍在努力改善自己的处境。她要求找人辅导她学英语，她说，现在多学一点还不晚。她问："如果你和我是多年的好朋友，我们可不可以说'我想念你'？"

她现在对地板上的新油地毡很满意，尤其是对比被替换掉的破旧地毯。她说，这不是很大的改善吗，不是又一个让她觉得住在这套公寓里是种福气的理由、又一个让她快乐的理由吗？她在做的，是她一直以来所做的——根据她面对的世界调整自己的期望，而不是与之抗衡。这是她选择快乐的方式。就连她的记忆紊乱都构成了又一个值得庆幸的理由。

她在谈到油地毡的时候说："很干净，对我的健康更有好处。"她又笑了，"也许我会活得更久，那你就还得来。"笑声渐渐变小，但没有消失。那是我最后一次听到她那样大笑。

Lessons
from a Year
Among
the Oldest Old

第九章

什么时候努力医治，什么时候放弃治疗

疼痛令我母亲难以忍受，这吞噬了她的生命。她的疼痛像大海，她在里边游动，却看不到岸边，而她也不想看到岸边。已经没有任何神奇疗法能给她希望了，对她来说，有用的日子已经过去了，她看到的未来就是更多疼痛和衰弱。

我从那时起开始收集关于安乐死的信息，我想，这是我该为她做的。

“我并不为任何事情感到悲伤，但我已经受够了。”

其实，我希望没有来世。我没法想象有什么东西是永远持续的。我想念沃尔特，我希望能在另一个世界里见到他，但我知道不会的。其实，这倒让人感到宽慰。一切都会结束，我觉得这没什么不对。

——约翰·索伦森（91 岁）

约翰·索伦森传授的是最难领会的经验：如何接受死亡并继

续活下去。他并不抑郁，他其实没有自杀倾向——尽管他有时说希望自己有，但并没有主观的想法。他经常是快乐的。从在纽约州北部度过的少年时光到与沃尔特·卡伦的多年恋情，他珍惜自己的人生记忆。他住的公寓完全是按他自己的意愿装潢的，这对他很重要。他就是想死。他说：“我这一生很精彩。我刚开始很遗憾，没有创造更辉煌的事业，但有沃尔特作为补偿是绰绰有余了，我们的生活非常幸福。”但是他说，在活了 91 年之后，“生活现在给不了我足够的补偿了。我很乐意离开。”

我 2015 年年初认识约翰时，已经知道怎样让一个人死去而不造成任何痛苦或折磨。我不会在书中分享这种方法，但互联网上到处是此类有用的信息。几年前，我研究过帮助我母亲安乐死的可能性。这是在她接受第二次脊椎融合手术之后——在感染险些要了她的命之后，在她埋怨我和弟弟同意给她插饲管维持生命之后。我从伊拉克归来，重整婚姻和在纽约的生活。手术后，我母亲摔了一跤，手术部位以上的脊椎骨发生了压缩性骨折。医生解释说，这处骨骼多年来已变得非常疏松，现在像脆海绵一样断裂了，没有任何治疗方法能使它的结构恢复得完好如初。

接下来的几个月，疼痛令我母亲难以忍受，这吞噬了她的生命。她的疼痛像大海，她在里面游动，却看不到岸边，而她也不想看到岸边。她讨厌理疗，因为这需要有意识地以造成疼痛的方式帮助她活动，而且止痛片的镇痛效果越来越差。 位疼痛管理专家建议通过电击杀死她脊椎周边的一些神经，这缓解了部分疼痛，也让她打起了精神。但是，疼痛后来又恢复到了至少和原来一样强烈的程度，现在已经没有任何神奇疗法能给她希望了。她有天倒在床上，头靠在床尾，就保持着这个姿势，在看护们更换她身下的吸收垫时不停呻吟。

我从那时起开始收集关于安乐死的信息。我想，这是我该为她做的。

幸亏从来没有走到那一步。医生为她增加了止痛片的剂量，直至她终于能够到处活动。她逐渐恢复了原来的生活：跟老朋友一起吃晚饭，偶尔乘坐楼里的面包车外出，上每星期固定的西班牙语和陶艺课程。由于有了电动踏板车，她可以随心所欲地去自己想去的地方。她的看护给了她陪伴和安慰。问题是，她还是想死。她后来告诉我："我非常愤怒，我失去了对上帝的信仰。我觉得如果上帝爱我，就不会让我继续这样的生活。从某种意义上说，我现在还是这样想的。"我能明白，想放弃只能在湿透的吸收垫上辗转反侧的生命是有道理的。但是，放弃有这么多来之不易的舒适条件的生活，是不是太任性了？

她不这样想。她反倒引用了一首据她说是詹姆斯·乔伊斯所写的旧诗。她说："我苍老，我疲惫，我想顺流而下，归入大海。"她说，她有用的日子已经过去了，她看到的未来就是更多疼痛和衰弱。"我就是这样看的。也许到了那时候，我会害怕，我不知道。

这是对的。我不想拖得太久。”

探望约翰的时候，我很难不想到我母亲。约翰的矛盾之处在于，他爱说话，所以就连关于他求死之心的谈话，都能让他振作起来。小时候，他经常因为说话太多而惹麻烦，老了之后，他喜欢重复这个故事，而且通常是在由他主导的愉快而冗长的谈话结束之后。即便在谈到死亡的时候，他也会微笑并且兴致勃勃，然后很快转到别的话题上。他和我母亲不同，似乎在品味他仍然拥有的一切带来的愉悦感。我有天去探望他的时候，他刚在电台广播中听了大都会歌剧院的桑德拉·拉德万诺夫斯基在威尔第的《假面舞会》中的唱段，他聊起这个的时候满脸放光。他说："我觉得听完之后，我有好几天都晕晕乎乎的。我好久好久没听到过这样的歌声了。它让我觉得充满了活力。她唱完之后，我有一个星期的时间都飘飘欲仙。”

他惊讶地发现，尽管他已经做不了什么，但世界还能创造这样的美——一位新的非凡的女高音。音乐让他忘记了一切。就在几天前，他在电台听到格伦·米勒的《一串珍珠》，突然大受感动，独自在厨房里跳起了舞。他说："我最后站了起来，扶着冰箱，试着在歌声中跳舞，那感觉美妙极了。音乐让我激动，让我快乐。”

我最早开始探望约翰时，每当他说到想死，我就会指出所有这些给他愉悦感的东西，认为这些都是活下去的理由。他不想再听一次乔纳斯·考夫曼或者再见见法尔岛时代的朋友迈克和约翰吗？为什么是今天，而不是三天后或者三年后？这是我的本能反应，是我们在朋友情绪低落的时候会做出的反应：打起精神来，至少你还没有在大太阳底下挖树桩。我会提醒他想想希望他活下去的朋友，就好像问题在于他不知道有人爱他。我在重复我们的文化当中赞美斗士的内容：不要投降，不要放弃，要战斗到最后一刻。放弃似乎是软弱或不明智的——或者，按照迪帕克·乔普拉超凡脱俗的良好感觉，是缺乏想象力，因为我们所有人都可以成为“一块土地上的拓荒者……在这块土地上，暮年、衰老、疾病和死亡是不存在的，甚至不被视作一种可能性”。死亡或许是我们所有人可以笃定的一件事，但也是主动去索求会很丢脸的少数事情之一。

但是，约翰从未犹豫过。他的求死之心不是盲目或者任性的。他更像是一个歌手结束了演唱，再也没有段落可唱。已经没有什么可以给予或者再获取了，为什么还要留在舞台上，在聚光灯下呼哧带喘、大汗淋漓呢？年老带来的衰弱越来越严重，他越来越瘦小，他与之斗争的最佳回报也就是第二天还能再次展开斗争，届时他会更加伤痕累累，周身疼痛。这里所说的大小变化就是字面上的意思——约翰原来身高1米82，但上次测量的时候只有1米73，他觉得自己在那之后又矮了一些。他说：“我现在做好走的准备了，给我一两天时间。”也许他会在两星期内死去，也许是3年零7个月之后，那是美国男性的平均预期寿命——91岁。

无论怎样，剩下的时间都对他毫无意义。对于朋友，他已经给予了能够给予的一切，也从他们那里获取了能够抓住的一切。

我逐渐通过约翰意识到，接受乃至期盼死亡都没有减少他尚存岁月的价值，反而因为日子所剩无几而显得每一天都越发珍贵。这使他能够自由地生活在自己喜欢的事物中间，而不是苦苦思索如果可以的话，该做些什么。正因为如此，谈到死的意愿反而使他振作了精神。死亡使一切都拥有价值。他见到这个或者那个朋友的次数有限，所以每一次都弥足珍贵。这些时刻是超级饱和的，不像年轻时那样转瞬即逝。看老电影使他想起父母，或者沃尔特，或者他对达纳·安德鲁思的迷恋，或者法尔岛的一次聚会，或者同时想起所有这一切。由于他不相信来世，死亡对他来说就是终结，而不是过渡或者目的地，所以他只把死亡看作一种必然，无形无色。没有理由忽略当下。他不期望更多，他也不想期望更多。这样的期望对他毫无意义，是一种他已经抛在身后的强烈欲望。

心理学家玛丽·皮弗在充满悲悯之心的作品《别国：美国老人的情感地形指南》中写道，人在年老之后会“寻找生存之地。他们问：‘我的生命重要吗？’‘我的生活充实吗？’‘我对别人有什么意义？’‘我有哪些可以自豪回顾的事？’‘我爱对了人吗？’他们寻觅会让他们感到安适、有用和被爱的家和村庄”。据我所知，这些约翰全都没做过，至少我认识他的时候没做过。他早已超越了提出疑问的阶段，因为答案对他已经毫无意义。他知道自己喜欢什么，看重什么，什么是已经失去且绝对不可能复得的。觉得自己不再有用让他感到抓狂，他知道自己有人爱，但只能从中得到有限的宽慰。就算他早先寻觅过自己的生存之地或者寻找过家，那这样的努力也早已成为过去。他说："我以前总是计划着等自己老了就看书和弹钢琴，但我现在两样都做不了。你知道自己老了以后想做什么吗？"

每次我去探望，他都引领我穿越愉快的记忆，有时是反复讲述同样的内容。他的生活是个小小的珠宝盒，虽不起眼但却闪闪发光。他谈到自己小时候对家具的喜爱，谈到 1935 年他 12 岁时听到电台播放女高音克里斯滕·弗拉格斯塔的演唱，谈到他在纽约州北部小镇的家乡以外发现了一个全新的世界。他最爱的歌剧当然是瓦格纳的。他有天说："我真希望你在我母亲年轻的时候认识她。"他只需谈到这个就足以触发一次记忆之旅。厌倦、恐惧、愤怒、嫉妒、委屈、背叛、孤独——这些在他的记忆中都不存在。相反，他的记忆里有爱、性和温情，有与朋友共度的时光以及他和沃尔特一起修建的海滨别墅。他看似病态地热衷谈论死亡的话题，其实也是享受他剩余时光的一条捷径。鉴于死亡是一系列无法改变顺序的事物之一，坦然接受使得他的生活更加有条不紊。其他都是捉摸不定的，比如解不开的绳扣或者没铺好的床。想象最后一件物品放对了位置，终于实现了对称、整齐和完整，这让约翰感到宽慰。

必定会输的战斗

约翰在4月里的一天问我："你记得'二战'吗？一想到成年人不记得'二战'或者'大萧条'就让我受不了。对我来说，一切就像昨天发生的一样。我的朋友们都不记得'二战'了。我记得珍珠港遇袭的时候，我正在熨第二天上学要穿的裤子。我们都不知道珍珠港在哪里。我们知道美国有个地方遭到袭击了，但我们不知道珍珠港在哪里。我在家，我那时候对衣服特别讲究。"

我们像过去一样，坐在他最喜欢的两把椅子上，那是约翰自己装了软垫的路易十六风格的矮脚扶手椅，由于他的双手已经僵硬，无法再做修补，所以已经磨损了。这些椅子极不舒服，尤其是对约翰来说，他坐下去和站起身都非常费劲，但他拒绝把它们换成更实用的椅子。他说，再老也要注意外观。前一天，他试着在看护的帮助下走到街角去，但走了几步就没力气了，而且害怕了，只好被搀回家，两条腿感到阵阵抽痛。约翰在谈到他的看护时说："他想把我扶起来，抱着我，但我不让。我还不准备放弃到那个地步。我猜我是讨厌放弃。"他注视着我说："其实，我看不见你。我看到的是一个影子，我只能看到这么多。"那次几乎算是约翰除了看医生以及最终去医院之外最后一次离开自己的公寓。

我和约翰相处的一年，有时像是穿越到美国二十世纪的奇异旅行。他由于心律不齐而未能参战，但经历了“大萧条”、杜鲁门（他反对）、尼克松（他支持）、性解放（他很滥交）以及同性恋权益运动的兴起。他本来很讨厌猫王，但在《爱你》中看到他之后就坠入了情网。当石墙酒吧的主顾们1969年对抗警察的突袭时，约翰说，法尔岛的一致意见是骚乱只会使形势恶化。同性恋可以结婚始终令他感到惊异。他和沃尔特登记为同居伴侣，在浴室里保留着一张证书，还有1990年的一篇纸页泛黄的报道，讲的是沃尔特关闭他经营的全市最古老的书店——伊萨克·门多萨书店。他们是携手变老的老人，就他们那代同性恋男子而言，取得了两项成就。当沃尔特2009年以为自己得了便秘在法尔岛看医生时，他已经比家族里的任何人都多活了起码8年。

沃尔特的侄女安妮·科恩布鲁姆和约翰一起坐在他的公寓里。她在谈到自己的叔叔时说：“他是快乐的那一个，您是严肃的那一个。”

约翰说：“他并不比我更快乐，我们都很快乐。”

接受过几次治疗和康复后，沃尔特2009年10月11日在家中去世。到了最后，他已经不再合眼，连睡觉的时候都不例外，所以很难判断他何时是清醒的。他的呼吸极为短促，几乎难以察觉。约翰在谈到那晚的时候似乎并不悲伤，也许因为那已是无可辩驳的事实，或者因为那是他感到跟沃尔特非常贴近的时刻。他说：“我进去了一次，然后说：‘我不知道。’我看不出来。我离开了，过了一会儿再回来，就很明显了。那天晚上真不好过。我打了报警电话，警察来了，我崩溃了。我永远不会忘记警察有多贴心。他们打了好多个电话，找来一位医生，证明是自然死亡。至少过了 3 个小时，殡葬人员才可以过来把他接走。得到批准之前，警察不肯让人把他接走。”

如果他们结婚了，约翰就有资格获得每个月大约 3000 美元的社会保障遗属抚恤金。但是，直到沃尔特去世后纽约才承认同性婚姻。约翰的社会保障金和一小笔养老金只有上述金额的一半左右，支付租金都很勉强，更不要说生活费用了。正是在那个时候，安妮在约翰的生活中扮演了新角色。

我认识沃尔特的侄女安妮的时候，她 61 岁，坚强又独立，也是我见过的唯一一位会回复关于想要哪种枪套的电子邮件的女性。除了照顾约翰，她还是美国邮政局的全职刑事调查员，同时抽时间照顾自己的母亲和公公婆婆。她公公 96 岁，有严重的失智症；她婆婆将近 90 岁，照顾着她公公。她说，她母亲住在马萨诸塞州的一家设有生活辅助设备的机构，“状态是他们三个人当中最差的”。每当出了问题，都是安妮接到电话。如果你的生活中有一个安妮 · 科恩布鲁姆，那你真算得上幸运。如果没有，你恐怕很想找一个。

对安妮来说，沃尔特叔叔和约翰是一对潇洒的恋人，他们生活在纽约，对戏剧和音乐无所不知。约翰品位高雅，懂得欣赏，热爱生活。她说:“直到 5 年前，他还能每天做 100 个俯卧撑呢。”

约翰差点就笑了。他说：“我现在做不了了，因为我根本没法从地板上爬起来。”有安妮相伴激起了他的幽默感。尽管她不爱听，但还是任由他发表女人不能当总统的言论。

他说：“如果你冬天去法尔岛，没有自来水。我们都拿着水桶去镇上的泵站打水。没有暖气，用煤油灯。感恩节的时候，我们都穿着大衣、戴着手套坐在那里。我们过得特别开心。”

她说：“我觉得这跟喝酒很有关系。”

他简直不敢相信他们共同的好运气。

安妮干脆利落地掌控了约翰的财务，申请了老年人的租金冻结，把他的银行账户迁到了公寓附近的一个支行，安排了他的医疗，从不同机构给他找了一名家庭看护和两名探访义工，还申请了医疗补助。当约翰的医生要求他在结束住院后的 100 天内保证有全职看护时，他不让他们碰公寓里的任何东西，所以他们只能陪这个不想让他们出现的男人坐着。但是，这没有让安妮泄气。我认识她的时候，她已经准备好（她觉得约翰也已经准备好）再申请一轮。

8 月的时候她在约翰的公寓里说：“约翰其实是我身边四位老人当中状态最好的，也是最不好对付的。现实就是这样，完全要靠讨价还价。到了人生的这个阶段，他们还陪在身边，这是一种恩赐。但这很有挑战性，给人很大压力。”

尽管有安妮，但对约翰来说，这仍是倒霉的一天。我到他的公寓时，他的上臂有一块鲜红的擦伤，一条小腿上缠着血迹斑斑的绷带。厨房的一个橱柜上有一道血迹。他站在那里摇摇晃晃，不记得自己是怎么摔倒的了。

他说："我今天有二三十次都差点摔倒，但我都站稳了。"他声音颤抖，低得像耳语。安妮扶他在他最喜欢的一把椅子上坐下来。

她说："所以您需要用助行器，像这样的日子就该拿出来用上。"

他说："我用拐杖。"

"拐杖没法防止您摔倒，拐杖只不过让您形成了一个三脚架。"

"我讨厌助行器的样子，你随便把助行器放在这个屋里的任何地方都会把我逼疯，太难看了。"

如此种种。他们的对白已经重复到烂熟，但安妮还是不放弃。

"我告诉他，如果他摔倒了、骨折了，他的生活就会发生巨大变化，那就很难说他还能不能留在这里了。因为一旦他骨折住院，他会怎么样就不是我能控制的了。"

安妮查看了约翰的手臂和腿上有没有其他擦伤，她没有说出他们两个人都心知肚明的事：她在竭尽全力帮他活下去，而且不必住进养老院，无论她付出多大努力，到了某个时刻，这都会成为一场她注定会输掉的战斗。

病人陪护者的生理和心理压力

美国老龄化人口的故事在很大程度上就是安妮和她的亲人的故事：朋友或家人提供非正规的照料，通常没受过训练，花费了大量时间和金钱。无薪的看护者为老人或残疾人提供了90%的长期照料，而他们中的大多数人，在提供看护的同时还要兼顾工作、家庭和其他责任。兰德公司2014年的一项研究估计，美国人每年投入300亿小时照顾老年亲戚和朋友，代价是损失了5220亿美元的工资或时间。美国国立卫生研究院警告说，看护工作“会带来长期的生理和心理压力，又伴以高度的不可预知性和不可控性，因此有可能会在工作和家庭关系等多个生活领域制造二级压力，而且经常需要高度的警惕性。看护工作非常符合慢性压力的公式，所以被用作研究慢性压力对健康影响的模型”。但是，该报告提到，提供照料也会给看护者带来积极的好处，“支持或帮助别人可能就像接受支持一样有益于健康”。

约翰摔倒以及之前发生的事件表明了看护网络有多么脆弱无力。

约翰依赖安妮的定期探望以及家庭看护和两名探访义工每星期的探望。安妮协调帮手并管理约翰的财务；有三名探访者陪伴他，帮他做些杂事，包括帮他补充处方药。我总是根据他们安排自己的探望时间，因为约翰不希望任何事情干扰他与亚历克斯、马库斯和斯科特相处的时间。

8 月初，安妮的婆婆摔倒了，必须住院一星期，这样一来，她患有严重失智症的公公就只能独自住在公寓里了。安妮和丈夫每人 12 小时轮流陪他，但由于丈夫对照料患者并不熟悉，所以即便轮到丈夫陪护的时候，她也不能离开。她意识到这是个错误。她说："我本来应该离开，哪怕在公寓周围走走。人是一边做一边学的。"

她忙于照顾公公的时候，约翰的一名探访义工漏掉了每星期一次的探访去参加婚礼，另一名义工去休了个短假。等轮到家庭看护换班的时候，约翰的曲唑酮已经吃完了，他需要服用这种抗抑郁药来帮助入睡。药店没有现货，只能去网上订购。

约翰因为长时间独处而焦虑不安，没有药就睡不好觉。他最终在厨房摔倒，疲乏也是个重要原因。安妮来到他的公寓，发现他血迹斑斑，遍体鳞伤，孤零零一个人。她也因为整星期陪伴公公而疲惫不堪。

她补充了约翰的处方药，从他多年来最喜欢的一家餐馆给他买了比萨饼；她清理了他腿上和厨房橱柜上的血迹；她扶着他走进浴室，说："如果再发生意外，我可受不了了。"她查看房子里的安全隐患，"我担心的是他的药，因为我来了之后，发现地板上到处都是药片。他看不见。他把药片弄撒了。心脏药对他来说是最重要的，得按时服用，如果他不记得自己吃过没吃过，就会再吃一片。因为他告诉过医生，如果他不记得，就干脆再吃一片。”

安妮耸耸肩。她婆婆回家了，但她母亲因为吃西红柿在马萨诸塞州住了院，西红柿总会诱发她的结肠炎。

安妮说：“母亲喜欢吃西红柿。”她母亲也喜欢得到医生的关注，所以去医院是社交活动。她说，“情况有点”——她琢磨了一下合适的字眼——“挑战性”，然后叹了口气。

很快将会发生更多危机，她的四位长辈当中有三位将牵涉其中。

继续活下去的意义在哪里

沃尔特去世后的第一年，约翰 86 岁，身体健康，保留着海滨别墅和公寓，甚至在院子里使用链锯。然后，就在 2010 年的劳动节过后不久，情况急转直下。他跪下来捡公寓地板上的东西，突然就站不起来了。他并未感到不舒服，但就是不断往下滑，直到趴在地上。他说：“起初我觉得，这太荒唐了。我就是爬不起来，最后，我害怕了。”他记得不知怎么就进了救护车，还告诉急救人员不必为他担心，让他死就好了。结果发现，罪魁祸首可能是西尼罗病毒。这种病毒会击溃老年人比较迟钝的免疫系统。约翰有 3 个星期的时间时而清醒，时而迷糊，在康复机构待到临近感恩节的时候，他才回到家里，他的肌肉因为长久不用而变得软弱无力，到了 2014 年，也就是我认识他的前一年，他彻底不再去法尔岛了。由于他的消化系统出现并发症，听歌剧或者看戏剧会感到不舒服，所以也不去了。他在纽约还有朋友来探望，但他的世界缩小了，最能给他新乐趣的东西也消失了。

我去探望的那一年，约翰的目标是和朋友在纽约市以外过感恩节，但刚刚 3 月，他就说，他觉得自己的身体不好，不能去了。他不想因为邋遢的饮食习惯或者日常消化问题引起的恶心而丢人。约翰很乐于把沃尔特的衰弱归结为疾病和年老，而非个人缺陷造成的后果，但他很少对自己如此宽纵。他朋友的房子有沙砾小路和他害怕的台阶。他甚至不能随心所欲地穿衣打扮，而这对他仍然很重要。在接下来的 7 个月里，他仍然对参加活动感到悲观，不过，他说："那是我唯一真正期待的事。"

到了 11 月，约翰觉得身体不错，可以参加，甚至还凑合着在餐桌上使用了刀叉。他最亲密的朋友们到场了，都比他小 20 岁左右，因为他的所有同龄人已经全部去世。一个月后，他们齐聚在约翰公寓附近的一家餐馆，为他庆祝 92 岁生日，这是他希望自己永远不会看到的场景。安妮的孙子也到场了，这意味着四代人聚在同一屋檐下。尽管说了那么多关于灾难的事，但他那一年没有出现什么重大的健康危机，只不过肌肉和器官缓慢衰老，短期记忆之间出现了更多空白，睡眠问题更多了，行动能力更差了。

他是活得久还是死得慢？我母亲想摆脱没完没了的疼痛，相比之下，约翰感受到了太多的空白，看不到继续活下去的意义。

在已经熟知所有对白和不再看得见画面的情况下，为什么还要把他最喜欢的电影重看一遍？每次观看，获得的只会比上一次更少。

他说，他现在最期待的就是把他和沃尔特的骨灰一起撒在法尔岛上。他为早于他去世的朋友履行了这项义务，他相信他的朋友们也会为他这样做。

他语气轻松地说："那对我来说会是个好日子，真的会。我有为数不多的非常要好的朋友会感到悲伤。但我觉得他们也知道，这是我想要的，所以不会太糟。这个完全吓不倒我。有天晚上，我正在想事情的时候突然想到，天哪，我的身体发生了什么奇怪状况，也许我现在快死了。我一点都不感到担心。"

接受死亡就是接受生活

约翰坚持说他没有什么经验可传授，年轻人能从他这样的人身上学到什么？最简单的回答就是同情心和同理心，与约翰相处的时间总是很愉快，因为这是另一个人生命里的时间。让别人了解年老的感受，这是一种勇气，尽管他不喜欢依赖别人，但还是把自己的依赖性给了安妮，这是一种善良。在最后几次探望中的一次，我问，下次我母亲说她想死的时候，我该对她说什么。

思考这个问题令他困惑。这意味着要思考未来的事，思考他以外的另一个生命，而这是他不愿做的。他知道，别人对他说的话（“他们说，他们还不想让我走。”）不会改变任何事情，但提醒他想起了他们的友谊以及他们共同度过的美好时光。他说：“她还记得生命中的大部分时光吗？她的人生美满吗？”

我认为，约翰的幸福生活有一部分要归结于他能把记忆塑造成美满的生活经历。约翰从不认为热爱生活与想要离去之间有任何矛盾。让别人（不知道变老是什么滋味的年轻人）贸然评判你是否有权去死该是多么痛苦。什么样的社会能对人这样做？什么样的朋友？什么样的儿子？也许对我母亲求死愿望的最好回答就是告诉她，我爱她，而且会一直爱她。这一点上我也在努力。

那次探望之后，安妮告诉我，约翰不记得谁去看过他。他知道是一个带着录音机的人，但说不清是不是我。我想，从某种意义上讲，我当时确实没有在那里陪伴着他，我的陪伴与那些来自他的往昔、他在谈话中不断提及的人不是一回事。我在那里跟沃尔特在那里不是一回事。在我们最后几次谈话的其中一次，约翰讲述了他摔伤腿、从体操课上开溜去参加舞会、在体操老师面前大跳吉特巴舞的经历。这段经历至今还能让他崩溃。当然，他不记得我了。他很快就要死了，而且他知道这一点，他还有其他那么多事情要记住，把 86 个好年头的价值塞进他尚存的短暂余年里。

我们在 2015 年年初第一次见面时，我觉得他是我见过的最病态的人之一，但我错了。约翰·索伦森的经验是，无论周围的环境多么可怕，接受死亡就是接受生活，接受生活就是快乐地生活。

Lessons
from a Year
Among
the Oldest Old

第十章

养老院中的家庭关系

对有些老人来说，养老院使他们能够摆脱子女获得独立。在养老院，大家在同一屋檐下开展所有活动，身边都是和他们差不多的人，按照年龄和体能加以区分。养老院优先考虑的重点是保证最脆弱的住户存活并健康，同时压低成本，安全和效能始终被放在第一位。

“我经历过你的年龄，但你从来没经历过我的年龄。”

我以前为住养老院的人感到难过。我父亲以前说，在那种地方，他们会打你。现在这里谁也不打谁。他最后都认不出我们了。

——海伦·摩西（91 岁）

海伦·摩西给人一种温柔的感觉，如果你不相信，那就问问她。例如，她有天给我讲了她在养老院交上新朋友的事。她说：

“比如，那个我说胖的姑娘，她现在是我最好的朋友。她很热辣，我这样说并不是讥讽，我说：‘胖人往往都很热情。’于是她管我叫浑蛋。我下一次见到她的时候，她给了我一个白眼，然后我说：‘哦，你还是很胖。’现在她了解我了，所以她很喜欢我。她告诉我，她女儿明年 11 月就要结婚了，我祝她好运。但她还是很胖。”

你知道了可能会很惊讶，海伦的经验涉及外交和人际关系。

那是 5 月的一个下午，海伦说她前天晚上整夜没睡，因为大都会棒球队输了。她床头有个霓虹标志，每次这支球队赢球，她就会点亮，现在这个标志黑惨惨地挂在她背后。她在东拉西扯，包括晚上把豪伊赶出她房间的护士们，然后她突然宣布了一个爆炸性消息。

她说：“我想结婚。我们可能会在夏天结婚。”

我是和两个同事一起去探望她的，一位是摄影师，还有一位是摄像师，所以她可能是想给人留下深刻印象，但话是清楚明白的，而且她似乎经过了深思熟虑。她说，到了她这个年纪，“光腻在一起有什么意义呢”？

她说，虽然她和豪伊都特别追捧关于挑选完美婚纱的有线电视节目《嫁给完美礼服》，但她不会穿婚纱的，因为她第一次结婚的时候已经穿过一次了。豪伊坐着轮椅守在她床边，伸出一只手去拉她的手。当被问到对于结婚有什么想法时，他似乎对这个问题感到惊讶。他说："我觉得挺好。"他想了一下之后，情绪更激动了。

他说："就像完美的天堂，真的是，完全是天堂。我觉得她太完美了。"

海伦说："真会瞎说。"

豪伊显得很受伤。他说："为什么？"

海伦说："特蕾莎是怎么回事？"特蕾莎指特蕾莎·卡普托，是 TLC 电视网的一个通灵人，以"长岛灵媒"闻名。她的头发蓬松而金黄。豪伊又不吭声了。

海伦说，此外还有他们铜珐琅制作课上的一个想跟豪伊调情的女人。她看了他一眼，我看不出来他注意到没有。也许他们时常玩这一套。他们的关系与许多人相比并无二致，似乎以熟悉的固定相处模式为基础，就像更长期的关系以共同记忆为基础一样。

我问她嫉妒吗？

她说："才不呢，我想找什么人都能找得到。"

但是，这股逞强劲儿在迅速消失。海伦承认，她没告诉女儿佐伊关于自己想要结婚的事。她说："我太紧张了，把自己剐破了，我在流血。"然后，她振作起精神。她说："没关系，因为我想做什么就做什么。"

我和海伦相处的一年中现在有了个高潮：计划中的婚礼，与佐伊的冲突，还有某种解决方案。总有人要退让，而且很快。但是，时间一月一月地过去了，并没有人退让。海伦说，不会举行婚礼了，然后她又说，也许会举行。然后又取消了，然后或许又恢复。两个人每周日还在看《嫁给完美礼服》，佐伊每星期来探望，但事情没有朝着任何方向发生任何变化。每次我问海伦进展到哪一步了，她都会给出一个不同的回答。

我用了一年时间才明白，这种悬而未决的状态当中包含着多少老年的智慧。在这个问题上，年老之后，缩短的视角在发挥作用：由于未来的时间有限，她不需要与豪伊共同开始新生活，尤其是考虑到这会导致与佐伊的冲突。她更需要目前拥有的东西，即便这意味着冲突得不到解决。年轻些的女性面对漫长的未来，可能会把“进展”放在第一位，急于看到改变。但对海伦来说，停滞不变会带来更多关注和关心。择日再战可以保证关系的紧密，而不会撕破脸。也许这不是天分，但我们所有做过无谓之争的人都能看出其中的智慧。尽管海伦轻率浮躁，但她明白事理。无论她能得到什么，都抵不上失去豪伊或者佐伊哪怕一分钟的价值。她把生命中的人置于抽象原则之上。

她的经验是我在那一年里学到的所有经验当中最微妙的。她身边有两个爱她的人，每个人都有不同的方式。她的智慧在于明白他们想给她什么，然后创造能让每个人放手交给她的条件。

我问，她觉得自己有智慧吗？

这个问题使她微笑了。她说：“从来没人这样说过我。”

家人探望的重要

我最早着手挑选老人的时候，特别希望认识一个在老年找到新爱的人。80 多岁或者 90 多岁的人有着什么样的爱情？不是长期存续的婚姻中那种基于共同经历的爱情，而是双方在开始这段关系时都知道持续不了太久的爱情。那个年龄的人是怎样开始对别人敞开心扉的？在里弗代尔的希伯来之家，很难找到新恋人，原因很简单：老人们在这所养老院的平均生活时间是两年，结局很少会是搬去海滨的共管公寓。海伦和豪伊是例外，而她卖弄了一番。她说："我总是很快乐的。"然后，她给出了她对快乐的定义："不要想任何坏事，对所有事情都放手。但是年轻人太年轻，理解不了这个。"

希伯来之家 1917 年始建于哈莱姆区一座很小的犹太会堂，当时用作穷困老年移民的收容所，如今是哈德逊河岸边斜坡上一处庞大而舒适的设施，有用于广泛募款活动的标语，这些活动使养老院能够提供医疗补助负担项目以外的照料。每当海伦和豪伊讨论结婚的事情时，她总是说，尽管她不喜欢养老院的伙食，但她不想离开这里。有一天，他俩和其他十几个人参加合唱团组织的活动，把歌曲录成一张 CD 分发给住户和家人。她在活动结束后说："我不会离开这个房间的。豪伊，你会和我一起吗？你保证过的，你记得吗？"不过，还有些时候，她对其他住户或自己住在养老机构的事实颇有微词。

她说："有时候我想回家，但我没法回去，我没有地方可去。"

像希伯来之家这样的养老机构相对而言是新生事物。直到19世纪，包括照顾老年人在内的几乎所有医疗护理工作都是在家里进行的。没有家庭支持的老人要去条件恶劣的公立救济院，那里为孤儿、精神病人、酒鬼、寡妇和过于贫弱而无法自立的人提供安身之所和最低限度的食物。这些机构既是为了保护公众免受穷人伤害，也是为了保护穷人免受公众伤害。20世纪，随着医学和社会项目的发展，儿童从救济院转入了孤儿院，精神病人转入了精神病院或疗养院，可以治愈的病人转入了医院，救济院就成为贫困老人和严重残疾者最后的庇护所。1935年通过的《社会保障法》提供的福利使得大致健康的老人可以离开救济院独立生活。至于其余的老年和残疾住户，现在有了政府资金来支付照料他们的费用，就形成了私人经营的"疗养院"和"康复之家"，这些名字好听的机构都是现代养老院的前身。1954年，美国有超过25万张养老院床位，到了1965年，也就是约翰逊签字批准联邦医疗保险生效的那年，床位达到将近50万张。到了2014年12月31日，已经有140万美国人生活在养老院，但这个数字10年来一直在小幅下降。对有些人来说，这些机构使他们能够摆脱子女获得独立。

这些新家与孤儿院和监狱属于一类机构：大家在同一屋檐下开展所有活动，身边都是和他们差不多的人，需要遵守政府制定的规则，按照年龄和体能加以区分。养老院的优先重点是保证最脆弱的住户存活并健康，同时压低成本，而这并不总是生活在那里的人们的优先重点。在养老院，安全和效能被放在第一位。比如，尽管许多住户可能想喝点酒或者随意进进出出而不告诉别人，但养老院不可能有鸡尾酒吧和无人看管的前台，因为那样不安全。你不能下午 4 点吃早饭，因为工作人员办不到。

在养老院，佐伊确保海伦从来不会感觉遭到了抛弃，每天给她打几次电话，每星期去探望她一两次，还经常与海伦在同一楼层的邻居来往。这些探望是令海伦骄傲的时刻。其他住户经常很久都没人探望，她有伴侣，有女儿，两个人都对她一心一意。她说：“有些老人独自生活，没人来帮忙，也没人来让他们快乐几个小时，我为他们感到难过。所有人都应该有个佐伊这样的女儿。”同样，海伦与其他住户定期发生的口角也意味着她从来不会被工作人员遗忘。海伦喜欢引人注目，她常说：“即便你没见到我，也会听说我。”

海伦在养老院的最初 4 个月，佐伊去探望的时候习惯于单独与母亲在一起。然后，豪伊突然出现了，而且不肯让她们俩独处。他经常在交谈中转移话题，发表的评论要很长时间才能说完。由于残疾，他走到哪里都需要一名看护推轮椅，佐伊觉得这也限制了她母亲的活动。佐伊说，海伦总是把豪伊的需求置于自己的需求之上。但是，佐伊的需求怎么办？她说：“我想好好渡过和我母亲在一起的每时每刻。这是过分的要求吗？其他人每星期 7 天跟我母亲在一起。我来的时候，会小心防范靠近我母亲的人。如果你想说这是自私，那我就是自私的。我需要跟我母亲在一起的时间。有些事情是我需要跟母亲单独分享的，别人没必要知道。”

这是个凉爽的春日下午，豪伊正在上每星期固定的铜珐琅制作课程，这给了佐伊单独与母亲相处的时间。她们身边是母女俩在不同年龄阶段的照片，还有其他亲戚的照片和那个大都会棒球队的霓虹标志。海伦从州北部的住所搬进养老院的时候，佐伊帮她把财物减少到了眼前这些。佐伊说：“这就是我母亲的全部，她的照片，她的家人，她的孙辈，跟我父亲的历史和我父亲的照片。”她没有提到豪伊。我在佐伊身上能看到海伦从前的霸气劲儿。海伦说：“她长得像我，但比我好看。”

海伦搬到另外一层时，佐伊坚持让豪伊也搬了过去。如果海伦摔倒或者感冒了，佐伊会催着养老院给她治疗，她在母亲与其他住户的争吵中帮忙调解。海伦觉得一个男人在报纸引发的争执中推了她，佐伊要她别计较。

佐伊说：“您知道吗？你们俩都有错。”

海伦说：“这次我没有错。”

佐伊说：“很好，但您得放下这些，做个明事理的人。”

海伦习惯于在比她年轻的人身边生活和工作，但住进希伯来之家就要骤然陷入同龄人的世界，其中包括许多患有失智症的人。她不在乎养老院严格的时间安排，但她经常抱怨其他住户。她说：“我讨厌这边的一些人。有些人的脑子坏了，跟我聊天的人都没受过教育。”

我逐渐意识到，这是暴脾气的海伦，是她广交朋友和加入集体活动的另一面。她在合唱团唱歌，在大厅里走起路来就像学校里人缘特别好的孩子，问候其他住户，回答关于豪伊的问题。

她告诉一个男子：“豪伊明天要住院，做疝气手术。”

他说：“豪伊还年轻，能照顾你。我告诉过你，我不会跟豪伊竞争的。他这人太好了。”

海伦说：“他比我年轻 20 岁呢。”

“哦，那他能照顾你。”

豪伊和海伦一起吃每顿饭，一起在合唱团唱歌，晚上在海伦的房间看电视。两个人都保持着健康状态，一直瘦巴巴的海伦长胖了。她每天化妆、戴首饰，在养老院的美发厅做头发。她开玩笑地说，她对一位客座医生一见钟情。她说：“对我来说，这里还不算太差。但是，这里让人伤心。我认识了一些好人，跟他们交上了朋友，然后他们去世了。我经常会哭。我隔壁那位女士，她是一位特别好的女士。她的家人那么好，会经常来看她。她去世的时候，我哭得可厉害了。她从来不打扰任何人，我也从来不打扰任何人。”

再婚的可能

如果约翰·索伦森在与百无一用的感觉做斗争，那么海伦的挑战恰恰相反。她觉得有两个人需要她，而且正如她接着承认的那样，她也需要他们俩。豪伊和佐伊的需求很复杂，而且经常彼此冲突，但他们俩都需要她做一件他们知道她无能为力的事，那就是保持现有状态，不要走下坡路。佐伊有天在海伦的房间里说："我不知道如果没有我母亲，我会怎么样，她是我的全部。她原来是个打不垮的女人，现在温柔些了。"对海伦来说，"温柔"是相对而言的。

海伦喜欢讲佐伊撞见她和豪伊躺在床上的经历。她说，他们只不过是在看电视，没别的。"他躺在他那一侧，我躺在我这一侧，一直都是这样。她对豪伊说：'出去，回您自己的房间去。'他就走了，我不在乎。我经历过她的年龄，但她从来没有经历过我的年龄。"

佐伊马上说，她之所以反对，是因为海伦的单人床对两个人来说太窄了，她不想让母亲掉下去摔伤。但是，另一天，当海伦在谈话中提到性的时候，佐伊说："我不想再听您说这个了。"

佐伊说："这就像角色互换。我是三明治一代。我照顾她，是因为她照顾了我这么多年。我这样做不是出于愧疚，而是因为她是个了不起的母亲。我去年跟她一起去野外旅行，那是最美妙的感觉。我回到家说，因为有她在，我感到特别快乐，她也很快乐。”

她还有其他忧虑，我觉得是合情合理的，尤其是当她母亲开始说到要跟豪伊结婚的时候。如果他们结婚，豪伊就会参与为海伦做医疗方面的决定，而佐伊认为他不具备像自己这样的能力。此外，她说，照顾豪伊拖累了母亲，需要她投入大量精力。佐伊说：“她怕说烦心事，但她从来不怕说豪伊需要喝咖啡。她总是照顾别人，但她对自己关心得不够，她这辈子都有这个问题。”

海伦说：“让她出去。”

“我只是说，您关心别人超过了关心自己，这是个问题。”

因此，海伦要对付两个人，他们对她都很重要，都对她一心一意，但陷入了不可调和的竞争。佐伊带海伦出去过生日或者度假时，她们就会把豪伊撇下。由于豪伊很少有自己的访客，所以海伦不忍心撇下他。海伦在一次外出过生日之后说：“他不能跟我一起去，我感觉特别难受。我不想去了。”佐伊说，她觉得没有必要带上豪伊，而且不知道她能不能同时照顾他们两个人。在海伦看来，豪伊的需求是吸引她的一部分。在她这个年龄，对某个人来说不可缺少、给他无法从别人那里得到的东西是一种美妙的感觉。

她们之间存在相似的情况。海伦督促工作人员多照顾豪伊，佐伊也为海伦这样做；海伦在佐伊年轻时看不上她的男朋友，佐伊现在“以牙还牙”。这两个女人谁都不想让步。

海伦有天说："对他好一点，热情一点。"

佐伊以前听过这些话。她说："我来这里不是为了别人，是为了我母亲。我很高兴有人让您快乐，跟您分享生活。我不会坐在这里说，这个人对您不合适，他是个非常好的人。但我跟这个非常好的人没有任何关系，我只在乎我母亲。任何男人都与我无关。我来这里是为了跟您待一会儿。"

与海伦的对话往往会回到"失去"这个主题：将近50年前去世的母亲；她刚搬到这家养老院时对她表达过善意的住户；与她疏远了的儿子。每当讨论这些失去的时候，她都会说："我哭了。"她也对失去认知能力感到担心，担心自己虽然能撑下去，但不再是她心目中的自己。在经历这些失去的背景下，她与豪伊保持关系是为了求得永恒。他们的关系似乎表明，并非一切都会消失。年老未必意味着失去对你重要的东西；有时它意味着找到这种东西并一直得以保留。静止不变有时是好的。在我们比较年轻和期待未来变革的时候，前进的动力支配着我们的价值观，但对90岁的老人而言，未来意味着丧失朋友或功能，所以前进远没有那么重要。她为自己眼下拥有的一切而活。

7月，豪伊终于接受了疝修补手术，原定时间是3个月前。这次推迟给了豪伊更多时间为此感到担心，也给了海伦更多时间要他打起精神来，那只不过是个疝气手术。这还给了海伦更多时间发泄恐惧情绪。任何外科手术都有可能出意外，她左右为难。

一次，当海伦想到豪伊要住院动手术时，她说自己哭了一夜，为他担心。她说，这是结婚的理由。如果他们结婚了，她就可以在医院陪着豪伊，然后跟他一起回养老院。

这种忧虑也确认了她作为豪伊的另一半的地位，尤其是当别人向她问起他或者问她感觉如何的时候。她不再只是个虚度残年的老太太，她在另一个人的生活中扮演着重要角色。相比之下，跟豪伊结婚，打破他们在一起的6年间建立的日常生活，没有她明确知道自己有把握跟他结婚那么重要。只要存在这种可能性，她得到的就超过她所需要的：如果不结婚，未来结婚的可能性就始终存在，这比挑选床单或者拟订婚礼宾客名单的平庸居家琐事更重要。

疝气手术进行得很顺利，等我两星期后再见到他们的时候，海伦又在谈结婚的事了，但比以前淡然一些。也许会结，也许不会结，要考虑的问题很多。与此同时，她与豪伊起了争执，因为豪伊在手术后没有像之前保证的那样给她打电话。

她说："星期五上午，所有人都来告诉我，豪伊回来了。所以我马上冲到他的房间去。我总是一起床还没吃药就到他的房间去。有时候我会跳到他的床上去。"

豪伊说："没错。你可以把这个写进文章里。"

"我说：'你为什么没给我打电话？你为什么不让我知道？'我没给他说话的机会。"

我问："您没有使劲儿亲他一下吗？"

"我当然亲了。"

无须化解冲突

那么，我们要从海伦身上学到些什么呢？她似乎是在折腾自己和周围的人。但是，随着一年时间慢慢过去，我发现自己完全弄错了。对于她最关心的人，也就是佐伊和豪伊，她把他们的生活变得无限丰富。如果她像许多养老院希望住户做到的那样，或者像许多成年子女希望年迈的父母做到的那样，诸事顺从，她就永远不会在他们的生命中发挥如此重要的作用。正如豪伊让海伦感到被需要一样，海伦也让佐伊有这种感受。她没有结婚，也没有说不会结婚，因而从他们两个人那里得到了她最想要的东西。当我在那一年的年底跟海伦说起这个，她说我过度解读了。她只知道她既爱豪伊，也爱佐伊，她只是希望他们对彼此好一点。

不过，她设法想明白了。她的人生给了她一个选择，她没有选择其中一个或另一个，而是同时选择了两个。她不是在让他们互相较量，而是把他们安排在不同位置——佐伊每天打电话，每星期来探望很长时间，豪伊则占据她整个白天。鉴于她的余年不多，她不需要化解这场冲突，只要接受就够了。她承认，她的女儿太重要了，所以不能起冲突。海伦说："我只有她了。"因此，在谈论结婚整整一年之后的年底，她和豪伊并没有走得更近一步。那只是一个使他们更亲密的想法——是他们之间的默契，他们不需要真正行动。

这是与年老无关的经验。我们总是以为，只要消除快乐的障碍，我们就能真正快乐。但是，总有更多的障碍和理由使我们现在不快乐。海伦转而选择接受她现有的生活。她不责怪女儿插手，也不因为自己没能结婚而自怨自艾，她没有把未得到满足的愿望视作生活给她的惩罚，放大这些愿望的重要性。这是生活，她的生活。我们就是在充满障碍的环境中发现快乐的。

海伦的经验是在混乱中发现快乐，而不是消除混乱才会快乐。她没有等待外部环境给她带来满足感。对生活感到满足并且尽情享受，意味着当下就感到满足，而不是牺牲现在以换取一个可能永远也不会出现的未来。即使她的世界很小，她在其中也是很有用的，并且得到了爱。这是她在人生的最后阶段希望拥有的状态，也是尚未达到那个阶段的我们应该汲取的经验：满足感未必触手可及。智慧在于从当下的不完美中找到满足。

Lessons
from a Year
Among
the Oldest Old

第十一章

父母始终都是父母

父母就是父母，始终都是父母，我们的角色没有互换。我是女儿，母亲从来不让我忘掉这一点。抚养孩子和照顾老人是两回事，你能够让孩子插翅腾飞，对父母而言，情况往往相反。

“我要自己走下去。”

如果朱迪在我们走路的时候希望我抓着她，我就会稍微拉开点距离，因为大多数时候，我是自己走的，所以为什么我现在应该靠着她呢？但有的时候，有她守着我的感觉挺好的，感情上和身体上都是。这是一种很好的感觉。

——鲁思·维利希（91岁）

鲁思·维利希第一次因为年龄而离开家是在2009年，那是她86岁生日前后。她孤身一人住在新泽西州爱迪生市的一幢两层联排别墅里，还在开车，和朋友们参加附近犹太人社区中心的活动。她大多数时候情况不错，但有些小事情开始出岔子了。她家的一个烟火警报器莫名其妙地响了，电工修不好，所以她就给关掉了。后来她地下室水管的水开始回渗到屋里。她想站到凳子上去，结果摔了一跤。她说："我那时候很倔。我去抓什么东西，但没抓住，然后我就摔倒了，但我从来没骨折过。"她还摔过几次，但都不严重，不过，她独自一人住在这幢房子里，任何时候做任何事都得爬楼梯。她已经犯过两次心脏病，一条腿的血液循环不畅。她的四个子女处于中年，仍然住在该地区，聚在一起讨论母亲的事。

她说："他们想让我从那里搬出去。我知道我老了，但我是独立的，我要自己给自己拿主意。"她反对搬走，但子女们很坚决，于是她完成了住进布鲁克林区帕克斯洛普一个拥有生活辅助设备的机构的艰难过渡，那里离她的大女儿朱迪很近。5年后，养老院的所有者决定卖掉这个地方修建豪华公寓，她只得再来一遍，这次是向房地产市场而不是她的年龄低头。我认识她的时候，她还在为那次搬迁耿耿于怀。

一年间，她几次讲述这些混乱，最后一次是8月的一个晴朗日子，在新泽西州的海滨。当时距离她的92岁生日还有3个月，灼人的正午酷热已经逐渐转化为下午的凉爽。她和两个女儿待在一幢租来的海滨别墅的顶层，由于远离了布鲁克林区的生活，远离了鲁思的养老院和两个女儿的工作，所以那天的火药味不浓。也就是说，她们互相嚷嚷得不多，而且显然是充满温情的。鲁思的两个儿子积极表示要照顾她，但如同许多家庭一样，大部分照料的工作落到了女儿肩上，而她们从未结过婚，也没有孩子。这三个女人正考虑去木栈道上散步，而木栈道在两段楼梯下面。鲁思喜欢出去吹海风，但这些楼梯是个挑战。

她说："唯一的问题是，我出去得越多，就越意识到自己老了。她们在考虑明年（再来），我想，天哪。"她已经不能在沙滩上行走了，而她又不喜欢坐在沙滩轮椅上被人推着走，朱迪想说服她，那不是真正的轮椅。朱迪说："那是有轮子的椅子。"在楼梯旁，当女儿们伸手搀扶鲁思时，她把她们甩开了。她说："这就是我们的争论，哪样更好，是我先走下楼梯还是你们在前边帮助我。"

朱迪认为这没什么可争的。她说："您说，'别管我，我要自己走下去'，所以我们就是这样做的啊。"

鲁思说："不，你们不是。"

在楼梯底部，朱迪问母亲腿疼不疼，鲁思说一直都很疼。然后，她说到自己的女儿们："我真幸运能有她们陪着我。我得到了很大支持，而且我不光有这两个孩子。还有什么能比这更好？我觉得我得到的关心太多了。我和丈夫做对了。"

依赖子女不是失败，而是成功

我和鲁思相处的一年就是这样。她固执于自己的独立，不肯对设有生活辅助设备的机构或者子女让步，不想使用助行器。她拒绝了子女们为她管理财务的建议。与此同时，她很感激朱迪带她按约定去看医生，或者四个子女当中的任何一个来探望。鲁思说："如果朱迪在我们走路的时候希望我抓着她，我就会稍微拉开点距离，因为大多数时候，我是自己走的，所以为什么我现在应该靠着她呢？但有的时候，有她守着我的感觉挺好的，感情上和身体上都是。这是一种很好的感觉。"

鲁思那一年的谈话往往遵循两条线索。一方面，她谈论自己遭遇的事，尤其是在她年老的过程中。这些经历几乎无一例外地有关失去。比如失去家，健康和行动能力变差。她不得不离开原来那幢房子里的朋友，她也没法像以前那样画画了。有几个朋友在分别数月后就去世了，鲁思把他们的死因归结于被迫搬迁造成的痛苦。她在这两个机构都失去了隐私和自行安排时间的能力。她按照机构的时间表进餐，从工作人员确定的选项当中做选择。最可怕的是，这些失去预示着未来更重大的失去，比如自主权和控制力不断减少。

她的另一条谈话线索专注于她为自己做的事，这些谈话始终是乐观的。她为自己掌握新的电脑技能而骄傲，而且总是给我讲述她正在看的书。当她被迫离开帕克斯洛普那个拥有昂贵生活辅助设备的居所时，她参加了楼外的一次抗议活动，举着写有“我们的父母应该过得更好”字样的手写标语。她参加了新楼的写作课（对她来说是第一次），发现了一些有意思的邻居。就连熨衣服或者核对支票簿之类的小事都是值得一提的胜利。如果她沉溺于过去的记忆，那些记忆也是她为自己做的事：养大四个子女，和丈夫去上方块舞课，照顾母亲或姐姐。当她想起挫折的时候，她也会想起自己是如何克服挫折的。对鲁思来说，年老的悲哀是她遭遇的事，快乐则是她为自己做的事。

大多数日子，她想得更多的是损失。心理学家和行为经济学家把这种倾向称为“损失规避”，意思是说我们更珍视失去而不是得到的东西——哪怕它们是相同的东西。鲁思在失去旧家之后比住在里边的时候对它感情更深。如果你在某个早晨召集 100 个人，给一半人一块饼干，给另一半人一美元钞票，然后在当天晚些时候跟所有人提出一项交易——让拿到钞票的人有机会用这张钞票买一块饼干，让拿到饼干的人有机会以一美元的价格将它售出，大多数人会拒绝这个交易。早晨拿到饼干的人会认为它的价值超过一美元，而拿到一美元的人会认为它的价值超过一块饼干。这种倾向使得年轻人高估了老龄的损失，认为他们没有年轻时的能力就活不下去。对老人来说，损失是日常生活的一部分，所以他们没有选择：他们要么学会接受衰弱，要么一蹶不振。

但是，随着那一年的时间慢慢过去，鲁思透露了涉及家庭支持网络的第三条谈话线索。和家人在一起，鲁思既是主体，又是客体，既是行动者，又是行动的承受者。她有天说："我告诉朱迪，我就是她从来没有过的孩子。我们有一种特殊关系，这好极了。但是，她有时候倾向于把我当成——我不想说得太难听，因为她是非常体贴的，她们都非常孝顺。"子女们比较年轻的时候，鲁思为他们做得越多，她的生活就越充实。如今，她逐渐发现反过来也一样：随着她变老，子女为她做得越多，他们从中获得的满足感就越强，而且她也能为他们做些事情。

她承担起了始料未及的家庭职责。她在四个兄弟姐妹中年纪最小，年轻时很叛逆，经常违背父母的意愿，大学毕业后为在以色列服役而接受训练。如今，她是自己那一代里在世的最后一个人，是她把家族的不同分支维系在一起。这给了她一种在养老院得不到的使命感。在那里，她唯一要做的，就是按时进餐而已。她最大的遗憾是有些亲戚选择不再来往。

鲁思说："我是女族长，最后一个。我觉得这挺好，他们都听我的。从某种意义上讲，我很自豪。除了我丈夫家的人之外，我还和差不多所有侄子侄女、外甥和外甥女保持着联系。这让我感到很快乐，也许我做对了。"这项职责意味着她仍然能给家庭一些东西，以回报他们给她的一切。在我认识她的前一年，她过90岁生日时，亲戚们坐飞机从密歇根州和加利福尼亚州赶了过来。

在这个体系中，所有人都既给予又获取。大家都知道，随着时间的推移，鲁思会越来越依赖子女，但这不是失败，而是成功，是值得羡慕的。他们的关系也有紧张的时候，但这很正常。

朱迪管理着一个名叫“高山丘陵”的非营利组织。该组织为包括弗雷德·琼斯在内的低收入老人提供服务。她有天在该组织说：“情况没有变。我们还是会互相大喊大叫，但只不过是没事找事。到了生命中的某个节点，妈妈是制成品[1]，我也是制成品。没错，我们偶尔会把对方惹毛了，我们斗嘴。但这并不说明什么，我们都明白这一点，一家人就是这样的。”

有人认为，父母和子女会在年老之后互换角色，朱迪不同意这种观点。她说：“父母就是父母，始终都是父母。我们的角色没有互换。她还是我母亲，而我是女儿。她从来不让我忘掉这一点，我也没有忘掉。如果她能一切照我说的去做就好了，抚养孩子和照顾老人是两回事，你能够让孩子插翅腾飞。但对父母而言，情况往往相反。”

不过，这对鲁思来说是有疑问的：放弃多少才不算是损失过度，在多大程度上依赖子女才不会影响她努力为他们创造的生活。她说，活得太久的一个可怕之处是她可能会成为子女的“负担”，不过她在子女年幼和依靠她的时候绝对不会觉得他们是负担。尽

1　制成品是指最终用于消费而非生产其他产品的材料。——编者注

管她看重自立，但在家庭的事情上，她没有坚持独立，而是试图找到相互依赖的正确方式，也就是说，家人之间要怀着感激之情接受帮助。

相互依赖是一种兼顾各方的行为。子女希望竭尽所能地为鲁思去做一切，但又不牺牲自己的生活；与此同时，他们希望鲁思尽可能掌控自己的生活，但又保证安全。她希望行使自主权，但仍然接受子女的帮助。她需要感到她在为自己和别人做事。不过，让她高兴的是，尽管她说没必要，但子女还是愿意做那么多。做得太多与恰好足够之间的界线是微妙和不断变化的。明天，她看东西可能没有那么清楚了，或者签支票簿可能会出错；子女可能有自己的危机需要去处理。他们的关系是社会学家所谓的“有距离的亲密”，这需要保持警觉和不断重新评估。

回到海滨别墅，鲁思挪身要坐下，朱迪给她搬椅子的时候，鲁思叫她停手。鲁思靠自己坐了下来，朱迪说：“瞧，她就是这样。”两个女人都没有坚持。正因为如此，她们才会来海滨，其乐融融地聚在一起。我嫉妒她们。

从家人那里获取情感支持

维利希家族是个固执、暴躁又互相支持的家族，我嫉妒鲁思的子女照顾她时那种坏脾气的温情。我家把独立放在比其他所有价值观都重要的位置上。我父亲为此定下了基调，因此他与亚拉巴马州的家人几乎没有联系。我们自力更生，一切都靠自己。我们送报纸、扫落叶、当餐馆侍应生，透支学生贷款来支付大学教育费用。但你的美德也是你的缺点：我们是互不帮助的一家人。我们对依恋之情持怀疑态度，即便付出感情，也非常谨慎。我从不记得听到过父亲抱怨——关于他的健康，关于电视的接收功能，关于我们的财务状况，关于我母亲的厨艺。抱怨也是一种依赖，因为它把你的一部分负担转嫁给了别人。我的父母都逃离了家庭关系牢固持久的社区，来到有自主权和提倡自我创造的纽约市。我们履行家庭仪式就像有些人去教堂那样，因为这样做是正确的，而不是因为需要加深感情，这样做效果不错，直到不再奏效。父亲去世后，我母亲彻底独立生活了，还有三个把独立生活当作目标的儿子。我们不反对家庭温情，我们只是不会表达，而且不知道到哪里去学习如何表达。

即使用枪指着我的头，我也绝对想不到邀请我母亲去海滨别墅待一个星期。

如果你要构建令人满意的老年生活，你可以把家庭支持作为起点。但是，如何做到呢？海伦的女儿佐伊提供了一种模式，约翰的侄女安妮提供了另一种模式。她们都具有能掌管一切的控制型个性，都愿意做出一切牺牲帮助海伦和约翰撑下去。维利希家族则构成了一种不同的支持模式，他们形成了一个网络，鲁思是其中的贡献型参与者，获取的同时也在给予。他们并非所有时间都很亲热，他们也不需要那样。他们有着不言自明的规则：鲁思不能因为子女提出帮助她而过于严厉地斥责他们，子女则不能因为她这样做而恼怒。这种安排使得鲁思在条件允许的时候可以独立，在需要帮助的时候也马上能有依靠。

在工作的时候，朱迪让员工看了心理健康咨询师和作家温迪·吕斯特贝德的一段话，以帮助他们理解看护关系的隐患。吕斯特贝德写道：

> 获取比给予难得多，但主流美国社会很少意识到这个事实。受照顾者往往被剥夺了给予的机会，他们必须忍受一种近乎持续不断的放弃和被动状态。结果，获取帮助的人觉得亏欠了别人，必须日日夜夜承受欠人情的重负。看护者开车去医院，帮忙处理医药费账单，清理一堆堆要洗的衣物，查看电话……这样的恩惠清单可能会特别长，受恩惠的人却没有多少途径可以回报。受照顾者可能渴望做点有用的事，结果却被劝诫说："别担心，我们会搞定一切的。"

对于家庭看护者，吕斯特贝德提到了这种关系的不对称性导致的怨愤。关怀是相互的，而看护则可能完全是单方面的，是对双方的消耗。但是，意识到这种区别就可以消除其负面影响。吕斯特贝德写道："如果意识到怨愤情绪，就能重新从陪伴病患中得到快乐，这就是回报。"

起初，我以为鲁思的经历能给我母亲提供借鉴：如果她需要老年生活中的满足感，可以通过多为自己或他人做些什么来获取。这未必是大工程：比如，义务为盲人读书，给一两个邻居做简餐或者煮咖啡。把生活看成你做的事情，而不是你遭遇的事。但是，当我观察鲁思和她的家人的时候，我意识到，我需要反思自己与母亲的关系——更甚者，还有我与自己终将到来的老龄之间的关系。我过于草率地认为母亲就是纯粹依赖我，而且把这种依赖看作是个负担。相比之下，鲁思的家人让鲁思感觉她不仅是依赖他们，她也有为他们做事的空间。这样能消除单方面付出所带来的罪恶感和憎恶感。如果我所做的就是给予，而且是不情愿地给予，那么我永远不会快乐，也不会让母亲快乐。

在这六位老人当中，鲁思最坚决地寻求独立，但也是从家人那里获得最多情感支持的一个。她依赖这个。我意识到，我对母亲的一部分不耐烦其实是针对她依赖别人时的安适感。

在那一年间，我开始不再把母亲视作一个我怎么努力都会失败的项目，而是更多地把她当作讨人喜欢的晚餐同伴，一个见识过世界并善于思考的人。这个她还可以做到。她很风趣，她知道很多我所不知道的东西，包括关于我出生时的那个世界，以及接下来等待我的那个世界。我们并没有变得特别亲热，但我的心态不一样了。陪伴母亲不再是一种必须履行的职责，也不是我在繁忙生活中做出的被迫牺牲，那只是单纯地和家人共度时光。我也不再执着于帮母亲摆脱困境或者让她珍视自己的生活，那是母亲的个人选择。当我不再把探望母亲当成义务，我和她在一起的时候就得到了更多快乐。我母亲非常擅长冷幽默，我去她的公寓探望之后离开时，总是情绪高昂，而不是垂头丧气。

有时候，我在鲁思家附近的地铁站台上一边等车一边想，等我老了，会不会有人像鲁思的家人那样支持我。但是，随着那一年渐渐过去，我发现其实我已经得到那么多支持，而我从来没有意识到自己的好运。我虽然现在比鲁思健康，但我们在任何年龄都有局限，我们无论生活在哪里，都需要别人的帮助：修筑道路或者发明字母表的人，修理复印机的同事或者发现了圆周率的先辈。帮助无处不在——如果认为我们因此伤了自尊，那是虚荣的。正如贝拉克·奥巴马在竞选活动中所说的那样："如果你有个企业——那不是你打造的，是别人成就了它。"

我不再在工作中固执己见，而是感谢编辑把我的文章修改得更精彩；我广泛征求意见，而不是认为自己无所不知；我更频繁地给母亲打电话，还有我儿子，向他们提问，而不是作答。他们需要我做些什么？我为他们做的任何事情给我带来的好处都至少和他们得到的一样多，因为相互依靠会给各方带来好处。鲁思学会了接受帮助，她的生活因此而更美好，我的生活也可以这样。

将来也许有更可怕的日子在前面等着，但我不会单独面对它们，会有各种力量支持我。

过滤掉那些令人恼火的关系

有天在鲁思的公寓，她讲了最近发生的一件事。在她看来，这是坚持自身原则的漂亮行动。当时，我已经发表了几篇关于这些老人的文章，鲁思那幢楼的管理层要求她在我探望之前告知他们，而她讨厌这样做。她说："他们有什么可担心的？"这就是她在做的抗争。她说："昨天有人在下午三四点钟的时候来敲门。我说，谁都不应该这样做。我非常坚决地尽量保护自己的隐私，但在这样的地方很难。"

她讲述的事件发生在前一天吃午餐时。当时，坐在附近餐桌的一个比她年长几岁的女人低下头，在座位上昏过去了。鲁思说，这个女人只不过是昏过去了。工作人员把看起来不省人事的她抬出了餐厅。鲁思以为她去了医院，而这总归是令人担心的。但是，当鲁思几个小时后回来吃晚餐时，她很惊讶地看到这个女人坐在她常坐的桌边。"她说，'我决定了，还没到走的时候。我不去医院，我还能再活几年'。"鲁思停下来琢磨这句话，一个 90 来岁的女人能这样掌控自己的生活，"这不是很了不起吗？"

在涉及子女问题的时候，她比较难以确定该在多大程度上坚持自身原则。她总是帮助他们克服困难，让他们不被危险伤害。现在她知道自己要越来越多地依赖他们了，这只是个时间问题。她说："我因为下车时把他们推开而出了名，我真的这样做了。现在我不像过去那样自立了。我看到了变化，这让人苦恼。我的身体出现了依赖性，除了去看预约的医生，我已经好几天没出门了，这让我非常烦恼，因为我很想出去。一个问题是，用助行器走路把我变成了我不喜欢的那类人。很难解释，有时候我看到别人用助行器走路，我会说：'哦，天哪，怎么回事？'朱迪总是跟我说，我的记性特别好，我确实是。我为此感到高兴。所以，这一点没有太多变化，但这只手抖得厉害，我写东西很费劲。喝汤时我能端起杯子喝掉，但动作很慢。比如昨天，我终于完成了一点案头工作，但花了好多时间。"

我和鲁思相处的一年是目睹她调整适应的一年，这个过程与年轻人在新环境中的调整适应不同。她从来没有因为被迫离开旧居或者新居有人侵犯她的隐私而发脾气。她没有像在旧居时那样结交亲密的新朋友，没有发现新街区的魅力。在剩余的有限时间里，她不想屈就不喜欢的东西。当新闻里充斥着关于凯特琳·詹娜和变性身份的报道时，鲁思并不反对——她只是觉得事不关己，所以没有必要去反对。她说："变性，他们接下来会干什么？我有时候很高兴自己 91 岁了，我已经完了。从这个角度讲，我很高兴自己 91 岁了，因为我没必要应付这种事情了。"

年初令她恼火的事情，年底时仍然令她恼火，但她逐渐开始适应了新机构。她在夏末的一天说："我更努力了。"阳光洒在能俯瞰希普斯黑德湾海水的客厅里。她从旧居带过来的一盆粉色天竺葵在窗边盛放。她说："我没有放弃，现在还没有。我经常抱怨这个地方，因为变化太难以适应了，我儿子布鲁思会赶过来说：'妈妈，您看外边，您能看到大海。'我醒来的时候确实会看看外面的大海，很美。所以我也许可以把这里当成家。"当她思考什么东西能改善她现在的生活时，她说："我不知道谁还能再为我做点什么，我觉得现在都取决于我自己。这里的活动我大多数都不感兴趣，所以我自娱自乐，这挺好。我真的不是在抱怨，我不需要好多人。"

日子一天天过去，鲁思也迎来了小小的胜利：学会设定录像机；熨好一件原本一直皱巴着的衬衫；保持公寓整洁，而不借助楼里工作人员的帮助；短途旅行的时候到处走走，而不使用助行器。

她利用购物目录册和网络买东西，而不是让子女帮她买。每逢周末，她都与家人尤其是女儿们联系。和子女在一起，她可以看到许多生活阶段的自己，而不是走路吃力的 90 多岁的老人。她一如既往是个母亲，也是朱迪从未有过的女儿。有一天，当她探究活得这么久的意义时，她想起自己的孙子在中学参加模拟国会，而她还活着，能跟他分享他的兴奋之情。"每当我想到这个，我就想：‘看看我的孙子，看看他多棒。’于是，我就感到很兴奋。”这足以使她继续坚持下去。她活着是为了她所拥有的和她所爱的，而不是她所失去的。

尽管她的社交网络收紧了，但她从没说过自己孤独。她依靠的关系都是有意义和有价值的，她设法过滤掉了许多在任何年龄都令人恼火的关系。人生短暂，要找到真正重要的人，以及能让你好好活下去的关系。子女和亲人，是她最宝贵的礼物。她对他们有用，他们感激她。虽然她走不了太多路，但他们对她本来就没有那样的要求。

朱迪有一天说：“所以，我真正为她做了什么呢？并不太多。我只能给她情感支持。我爱我母亲，我们都爱她。她特别独立。这对她非常重要，我们都尊重她这一点。所以，除了开车之外，我没有帮她分担什么。”

在那一年间，鲁思大多数时候都很健康，但她的精力没那么旺盛了，冬天再次来临时，由于白天短，她不再外出，而是花更多时间一个人待在公寓里，看书或者在电脑上玩空当接龙。她注意到自己的胜率不断下降。她那一年过得很不容易，接下来的一年会更不容易。

随着那一年临近尾声，所有老人都没怎么说到自己遭遇的困难（新出现的疼痛或者健康问题、连续几天没人打来电话或者探望），这份满足感是他们自己给自己的。

有些日子他们感到太吃力了，或者疼得太厉害，又或者病得太严重，那是我们人人惧怕的衰老，是大家都会遭遇的衰老。我与这些最老的老人们相处一年获得的经验是，这种衰老并非不可避免或者不可改变。鲁思满 90 岁的时候很兴奋，因为她觉得自己度过了美好的一生，现在可以退场了。她和她认识的其他人不一样，她无意活到 100 岁。她说 :“我觉得自己已经到了一个里程碑。全家人都来了，我们搞了个聚会。多出来的时间都是额外奖励。”

这是对任何年龄都适用的准则。你绝对不会知道额外奖励何时出现，但你可以为此做好准备。无论我们 25 岁还是 85 岁，我们都可以选择生活在令我们感到温暖的情感当中——比如爱、幽默、同情心、同理心和给予支持的臂弯，不是因为它们使生活变得轻松，而是因为在生活艰难的时候，它们对我们的抚慰最大。正如鲁思在度过又一个艰难的年头之后所说的那样 :“即便我要走了，我也不会感到难受，但我猜我很高兴没有走。”

Lessons
from a Year
Among
the Oldest Old

第十二章

不会重来的恩赐

在那一年，我问他们每个人，是否想过死亡，想到这个是否会感到害怕。几乎所有人都对第二个问题做出了否定的回答。活得太久让他们害怕，而死亡可以解决活得太久的问题。他们晚年的智慧之一是承认死亡和变老是生活的一部分。只有年轻人认为自己不会死，或者变老是发生在别人身上的事。

“你得信任自己的天使。”

我的理想，我 100 岁的时候想成为什么样子，就是像这个以前来看我父亲的老头一样。他会爬到我家房顶上，在烟囱上倒立。我问我父亲他有多大年纪，我父亲说他 100 岁。所以那就是我的理想。

——乔纳斯·梅卡斯（92 岁）

在我与老人们共度的一年之初，乔纳斯邀请我去东村的一个二楼小剧院观看一部女性独角戏。乔纳斯 92 岁，是这些人当中最年长的一位，会定期给我发这样的电子邮件，在最后一刻通知我，他要在一个诗歌俱乐部朗诵，或者在 A 大道的酒吧带着贝斯手和鼓手演出，或者在柏林的一次会议上讲话。他定期光顾的廉价酒吧最近被纽约的房地产热潮吞噬了，布鲁克林区音乐空间已经让位于向威廉斯堡进军的“方阵建筑”，所以乔纳斯的夜生活具有随性的特点，没有固定的落脚处。这种喧嚣适合他，但他怀念自己任何时候露面都能找到伴儿的地方。

东村的那场演出是一出独幕独角戏，名叫《天使的安排》，是系列剧的一部分，逐字照搬了对该街区做过贡献的人们接受采访的内容。扮演乔纳斯的女子 20 多岁，名叫莉莉安 · 罗德里格斯，头戴贝雷帽，身穿拉链夹克衫，而不是我每次见到乔纳斯时，他常穿的蓝色法式工装夹克。我觉得她惟妙惟肖地模仿了他的立陶宛口音，但乔纳斯和他 33 岁的儿子塞巴斯蒂安并不这么想。

她说 :“我到纽约的时候就像一块干海绵。我那时 27 岁，所以那确实很关键。”她就此开始讲述，用继继续续的独白从立陶宛讲到纳粹德国，讲到布鲁克林区，讲到下东区，讲到作为纽约地下艺术界元老的生活。乔纳斯在我们的谈话中讲过独白里提到的许多事情，但从一位比他年轻将近 70 岁的女性的嘴里说出来，又是一种新发现。她的肢体语言属于年轻女性，与乔纳斯截然不同，但莫名地与这些话语和理念相吻合。她扮演的老人具有年轻的精神，而所有认识乔纳斯的人正是这样看待他的。

在独白的结尾，罗德里格斯扮演的乔纳斯把自己的人生比作可口的炖菜。人生中的某个时刻就像炖菜里的配料，味道可能很难吃或者单吃太辣，她说，“你会受不了的”——可一旦把它们都混合在一起，你就不想缺少其中任何一种。她说：“所以，我不愿改变任何东西。”

观看这场表演使乔纳斯陷入了沉思，一个与他的经历千差万别的人在讲述他的人生，而这是他自己通常会扮演的角色。乔纳斯和她一样，经常像是在扮演他为自己创作的角色，通过说这些对白成为他的角色。表演结束后，我们默不作声地走着，想喝一杯，再找个说话的地方。我们经过了一个酒吧。20 世纪 50 年代初，乔纳斯穷困潦倒的时候，正是在这个酒吧开始放映别人的电影。空中飘着毛毛细雨，街灯的光亮在湿漉漉的人行道上跳动。

乔纳斯说回演出中的故事。他说：“大家说：‘哦，你经历的这些事情真让人难过。’不，我很高兴我背井离乡，因为我在最激动人心的时期来到了纽约，当时所有古典艺术都达到了巅峰，比如巴兰钦和玛莎·格雷厄姆。我赶上了马龙·白兰度、田纳西·威廉斯和米勒的时代。我 49 岁的时候看到了旧时代的终结，还有新时代的开端，约翰·凯奇和巴克敏斯特·富勒、生活剧场还有‘垮掉的一代’。我像海绵一样吸收所有这些东西。”

我们迅速闪进他最喜欢的法式小酒馆，那里的墙壁上有他的照片。

简简单单地活着

乔纳斯·梅卡斯出生在1922年的圣诞前夜，在立陶宛东北部的小村庄谢梅尼斯基艾与四个兄弟及一个姐姐一起长大。他曾经算过，村里共有22户人家，98口人。他幼年多病，家庭农场又需要帮手，所以他在学习上落后了，但在青少年时期，他用一个学期学完了5年的功课。乔纳斯出身于诗人家庭，他用立陶宛语言创作了描写各种情绪和场景的诗句。在农场，他和弟弟阿道法斯曾跑到很远的地方，研究骑马时倒立的诀窍。他们发现了一位神秘的访客，这个人会爬到梅卡斯家的屋顶上，在烟囱上倒立。乔纳斯说："他是我的理想。我问我父亲他有多大年纪，我父亲说他100岁，那就是我的理想。其实，我就是在那之后才学会倒立的。"

乔纳斯旺盛的生命力足以使他免除许多不幸。他没有对抗年老，而是挖掘其潜力，把所有的力量集中用在当下。他15岁时（当时苏联军人和坦克闯入了他的村子）第一次拍照，20岁创办了一份反纳粹的地下报纸，将近27岁时移民到纽约，46岁拍摄了第一部自传影片，83岁开通了自己的网站，

92 岁在意大利威尼斯展出了他的作品。93 岁时，他最大的不满是右脚长了鸡眼。

他说，长寿的危险之一是，记得他所经历的时代的人逐年减少，所以别人总要他讲述从前的事。他在给我的一封电子邮件中写道："他们问我，你怎么还记得所有事情？我说，为什么不记得？那是我的人生，除非一个人年轻时就把生活和身体搞得一团糟，否则记住所有事情很正常。他们问我，你是怎么保持青春的？我说，红酒、女人和歌曲。但与此同时，我又是个僧侣，我过得像个僧侣……不过这很正常！不唱歌、不跳舞、不喜欢诗歌、对精神世界的东西毫无兴趣，才不正常！我是个非常非常正常的例子。我很快乐，快乐是一种正常状态。"

乔纳斯经常说，他不是个爱思考的人，人的想法是世界上最可怕的东西，因为有想法的人会把它付诸行动——他在苏联占领下的立陶宛和纳粹德国目睹过这样的事情。因此，他试图完全凭借本能行事，醒来的时候没有当天的计划，在移动视线的时候瞄准摄像机，随机取景。他说："我不爱反省。我出身于农民家庭，过的是乡村生活，人们不会自我分析，就是简简单单地活着。"

有一天，我来到他的阁楼，发现他正从自己的电影里挑选宽松式取景的画面，供巴黎的一次展览使用。"我在农场长大，我们并不觉得自己在劳动，我们只是在做当天必须要完成的事。

我们要种一些东西，要给奶牛挤奶。苏联人到来并且把劳动者组织起来之后，才有了劳动者的概念。突然之间，大家都是劳动者了，但是，在那之前我们并不是劳动者。所以我在继续做着我在成长过程中一直做的事：我只不过是在做必须要完成的事。”

还有一天，他说：“农民培育各种东西，我培育诗歌和圣人、历史、美、艺术。那是我的选择。”

做瑜伽保证不了老年的健康

我对年老的一大迷惑是，为什么有些人（比如乔纳斯）在同龄人懈怠之后一直在蓬勃成长。如果这很容易，我们都会去做。也许有遗传因素，但事实表明，它的影响不如我们想象的那么大。一项对丹麦双胞胎展开的研究发现，基因只占造成我们寿命差异原因的四分之一。吸烟、精神创伤、压力和其他因素也发挥了类似作用，但很多紧张过度的吸烟者在人生后半段生活得很健康，而坚持做瑜伽的同龄人却走了下坡路。

康奈尔大学的卡尔·皮莱默说：“这是个不同寻常的问题。为什么有些人后来会这样？我们还没找到答案。就我们知道的情况而言，有些恰恰如你所料，有些则出乎意料。”

制药公司、化妆品制造商和生活方式营销人员都会卖力向你推广“抗衰老”或者“防止老化”的产品，以帮助你“留住青春”

或者“逆转时光”，那些产品的价格都高得惊人。但是，多少神奇除皱霜都不能让你获得乔纳斯 · 梅卡斯的活力。好消息是，我们现在已经找到了更有效的解决办法，而且更便宜。

耶鲁大学的精神病学家贝卡 · R. 利维发现，人们对年老的态度与他们暮年的状态之间有着惊人的关联，其影响早在中年就开始显现出来。在一项研究当中，对年老抱有积极的态度的人（衡量标准是他们对“当你想到老人的时候，首先想到的 5 个词或短语是什么”这个问题做出的回答）和对年老有着消极刻板印象的人相比，从疾病中恢复健康的可能性高 44%。利维及其同事在其他研究中发现，对年老有积极看法的人血压较低，压力较小，身体平衡能力更强，也更有可能形成健康的习惯，并接受定期的医疗服务。他们的平均寿命也会比对老龄看法消极的人长 7 年半——这是真正的青春源泉，不需要花钱就能得到。

乔纳斯也难免受到别人对老龄消极刻板印象的影响，但他会以更积极的人为榜样，比如在他家烟囱上倒立的百岁老人。他不愿与乏味的老家伙做伴，只是因为他们乏味，而不是因为他们老。

50 岁的约翰 · 库格尔贝格是策展人和档案保管员，2017 年他出版了乔纳斯的作品集《与弗雷德 · 阿斯泰尔共舞》。他说：“他之所以能保持活力，是因为他是个充满热情的人。”

拉什阿尔茨海默症疾病中心隶属于芝加哥的拉什大学医学中

心，该疾病中心的神经心理学家和研究员帕特里夏·博伊尔认为，支撑乔纳斯这些人的生命力的就是目标。研究人员长期以来发现，生活中有目标意识的老人往往比没有目标意识的人活得更长、更充实、更健康。这项发现并不令人惊讶：身体不好或者患有失智症的人不太可能认为自己的所作所为能发挥很大作用。因此，目标可能是身体健康的结果，而不是原因。

博伊尔和她的同事着手探索目标与阿尔茨海默症之间的关系，据称这种病影响了九分之一的65岁以上美国人，而且缺乏有效的医学治疗方法。首先，这些研究人员检测了1400位老人在8年间的记忆，同时还评估了他们在生活中的目标意识有多强。研究人员要求参与者说明，他们是否同意诸如“有些人在生活中漫无目标，但我跟他们不一样”之类的说法。

如同之前的研究一样，生活有目标的人在8年间丧失的记忆比没有目标的人少。但是，在有些人去世后，博伊尔检查了他们的大脑，才骤然发现了两者之间的关系。阿尔茨海默症导致大脑里的细胞死亡以及组织坏死，极有可能是因为所谓斑块和缠结的蓄积。斑块是神经细胞间形成的成团的β-淀粉样蛋白，似乎会阻止神经细胞在突触之间传递信号。缠结是神经细胞内部形成的扭曲的蛋白质链，阻止营养进入细胞，从而导致细胞死亡。

随着这项研究的参与者死亡，博伊尔的团队解剖了246个大脑。他们发现，生活有目标似乎对大脑是否会形成斑块和缠结没有影响——有目标的大脑与没有目标的大脑以同样的速度退化。但是，当研究人员回过头来查看这些相同大脑的记忆评分时，他们发现表现截然不同。有目标意识者的大脑在记忆评分中的退步幅度很小，即便当大脑细胞的损伤程度与失智症患者相同的时候也不例外。这表明，有目标无法防止你形成阿尔茨海默症的标志性斑块和缠结，但能够防止或推迟其影响。博伊尔的解释是，有目标就形成了“储备”，使得某些大脑能形成其他路径来传递信号和营养，并且继续正常运转。目标越清晰，保护性越强。

她说：“有目标作为指引有助于你减轻疾病的影响。任何年龄的人都可以学会形成生活目标，目标可能或小或大，但你无论如何都会受益。即便是有严重健康问题或残疾的人，有生活目标也可以帮助他们审视内心，问自己，我要怎样过我的人生，我想成就些什么？”

不要太认真

对乔纳斯来说，有目标从来都不成问题。他两次逃出纳粹的劳动营时，他在一个难民营爱上电影时，他申请移居以色列去帮助建设这个新国家时（由于没有立陶宛人的配额，所以他被拒绝了），他一直是有目标的。抵达纽约后，早在他因自己的电影作品出名之前，他就在全身心地支持其他电影人的作品。半个世纪后，同样的目标还在驱动他，由于时间短暂，他显得越发急迫。

他有天在自己的公寓说："你体内的某种东西在推动你。"他还沉浸在晚上观看美国女足赢得世界杯的喜悦中。他坐在一张摆放着一摞旧书和一瓶圣培露矿泉水的桌子边说："这是你的本质的一部分，你是什么样的人，就有什么样的需求。比如，缪斯在你出生时或者后来进入你的身体，因此你会迷恋音乐或任何艺术，你没有选择，它成为你的一部分。你就是非做不可。"

在我与乔纳斯相处的一年里，他有个明确目标，那就是筹集资金，在经典电影资料馆（那是他和朋友们在 1970 年创建的剧院和档案馆，至今仍是在纽约观看先锋电影的首选场所）建一个图书馆和咖啡馆。他认为这个咖啡馆是维持机构运转所必不可少的。乔纳斯多年来经常自掏腰包资助各种机构或其他电影人，即便在他本人一贫如洗的时候仍是如此。就像他支持过的电影人斯坦·布拉克黑奇曾经说的那样："乔纳斯有好多口袋，而且都是敞开的。"

如今，他在请求朋友们帮忙。在巴黎，他争取到约翰·凯尔承诺为资料馆的拍卖写首新曲子；在纽约，他争取到马修·巴尼捐出了乔纳斯的素描画像。每隔几个月，他就会兴奋地给我发来一封电子邮件，讲到一位捐赠作品的艺术家。

他经常说到有天使庇护他，甚至声称他有照片可以证明它们的存在。他说，是天使让他熬过背井离乡的岁月，在没有收入的情况下支付了在纽约的房租。天使让他拥有平和的心态，从不操之过急或者担心事情的进展。他甘冒失败的风险，因为天使在关照他，正如它们在他艰难的时候所做的那样。他说："天使会保护我们，因此当我要做什么事情的时候，我从不考虑为什么要做，我只管去做，希望那就是我的命运。如果出现任何问题，我会说，好吧，我现在先把它搁下，让时间来改变它。我不会执着地抓着有问题的东西不放。我把它搁下，然后随着时间流逝，它往往会自行得到解决。我说，好吧，我解决不了，所以你们，天使们，现在该你们出手了。你们来改变它，我会做别的事情。通常来说，它们会做好。信任——如果有人问，这就是我的建议。你得信任自己的天使。"

他还说："如果有事情发生，你就解决它。你担心是在浪费时间，你想到的事情可能永远不会发生。我会在事情发生的时候迅速解决，绝不浪费时间。没有什么是不可救药的。"

他又提到自己为设计师雅尼斯·B写的人生箴言："继续舞蹈，继续歌唱，畅饮美酒，不要太认真。"

不要担心，继续歌唱和舞蹈——这些是乔纳斯的基础课程，对大多数人来说这就足够了。他的初级课程是在生活中保持一个目标。当然，首先要找到一个目标——从现在开始。

就像来日无多那样

在初春的一个星期六下午，我在格林威治村的爵士俱乐部“锌酒吧”找到了乔纳斯，他坐在来自立陶宛的一群学生歌剧演员中。他在那里是要朗诵他没有出版的中篇小说《手动打字机的挽歌》。这些学生都是十七八岁的少年，陪伴他们的是一位名叫拉明塔·兰普萨蒂斯的65岁移民。她在苏联解体之前一直在芝加哥过着流亡生活，如今在德国教书。对她那代侨民来说，乔纳斯关于立陶宛的诗歌能让她感受到流亡的痛苦和来自祖国语言的慰藉。

70多岁的纽约作家林恩·蒂尔曼和艾米·陶宾坐到了这群学生的桌边。乔纳斯曾帮助开启他们的事业——这是不同年龄和背景的典型分布，在乔纳斯周围，汇聚着一代又一代人。他在喝啤酒，显然很享受这些人的陪伴。学生们似乎为与民族传奇人物坐在一起而激动。17岁的男中音贝纳达斯·加尔巴西奥斯卡斯说，他的朋友们都问他是否打算在纽约见见乔纳斯。他说，对他们这代人来说，乔纳斯的电影日记是照片墙或者脸书的前身，是将近半个世纪前创立的。他说，他感觉不是与一位老人坐在一起，“乔纳斯·梅卡斯是未来”。

当乔纳斯登台时，他的手在发抖，但他朗诵时那充满自信的嗓音使整个房间安静了下来。他读道：“你有没有想过，生活是多么令人惊喜，真的令人惊喜？”整个房间的人哈哈大笑。

这也许是我在和最老的老人们相处的一年中学到的一句精髓：放下那些让我们每天疲于奔命的躁动、恐惧和欲望，想想生活是多么令人惊喜，真的令人惊喜。我能做到吗？那一年开始之前，我的回答是否定的，躁动、恐惧和欲望就是生活本身。但是，随着那一年慢慢过去，我发现自己把关注点转向了躁动之下的宁静——这一瞬间是多么不可想象，每一刻都包含着可能再不会重来的恩赐。也许这就是像老人那样思考的意义。我不能完全活在当下，因为我要考虑未来，但如果说我学到了什么，那就是像来日无多那样活着，有了这个前提，当下显得越发美好。

每位老人都形成了某种形式的适应力，因为他们别无选择：无论他们愿意与否，生活的变化都不断降临到他们身上。他们想过生活是多么令人惊喜，但是真的令人惊喜吗？我想，每一位老人都即将发现，尽管他们的世界变小了，但他们并未丧失感受惊喜的能力。小快乐并不真的小，惊喜也是一种选择，黄萍在麻将的陪伴中找到了它，弗雷德因为每天醒来而心存感激，海伦找到了被需要和需要的方式，约翰面对死亡时发现了美妙的音乐，鲁思则学会了信任她的天使，对她而言天使是她的儿女。

在那一年中，我问他们每个人，是否想过死亡，想到这个是否会感到害怕，除了弗雷德之外，所有人都对后一个问题做出了否定的回答。活得太久让他们害怕，而死亡可以解决活得太久的问题。他们晚年的智慧之一是承认死亡和变老是生活的一部分。

只有年轻人认为自己不会死，或者变老是发生在别人身上的事。

在锌酒吧，乔纳斯的《手动打字机的挽歌》以主人公获悉威廉·伯勒斯去世作为结束。乔纳斯读道："于是，他也去了。"当我后来问他，他是否想过自己的死时，他说，死亡从来不是个问题，问题是生活。他说："我自己的结局在该来的时候会来的，但我从没想过这个问题。谁都难逃一死。"在他周围，随处都能看到有人放弃自己拥有的生活。"我成长的过程中没有收音机，没有电，没有电视，没有音乐，没有照片。我 14 岁的时候看了平生第一部电影。人可以活到 200 岁，但我看到有些年轻人，才 20 岁，他们好像已经厌倦了生活，有些人不能忍受生活。那是另一回事。"

神经学家奥利佛·萨克斯在得知自己患有晚期肝癌时写道，死亡逼近使他骤然有了明确的关注重点，对所有并非必要的东西都失去了耐心。他说："我不能假装自己不恐惧，但我最主要的感受是感激。我爱，也被爱；我得到了许多，我也相应地付出；我读书，旅行，思考，写作。我与这个世界有交流，是作者与读者之间的特殊交流。最重要的是，在这个美丽的星球上，我是个感知能力很强的人，是思考的动物，这本身就是莫大的荣幸和冒险。"他在 7 个月后去世了。

在没有晚期癌症提醒我们生活是天赐厚礼的情况下，我们怎样才能终生保持这种清醒的境界？我们怎样才能训练自己的头脑去享受这种荣幸和冒险？这是我在与老人们相处的一年里反复思考的问题。我们是否真要等到肿瘤医生发话，才会尽我们所能去过充实的生活。本应最容易做到——像即将死去那样生活，却是我们最极力回避的。

年底，我问乔纳斯，在经历过苏联占领立陶宛和被纳粹囚禁后，他是否还是个乐观主义者。他几次试图回答，但还是放弃了，然后第二天发给我一封电子邮件。他写道："我在日常生活中运用了'蝴蝶效应'理论。这是一种道德原则、道德责任，要牢记无论我这一秒做什么，都会影响到下一秒。因此，我极力不去做任何消极的事情，这样我就能最有效地保证世界在下一秒会变得更好，或者至少不会变差。但是，当然啦，我的一个积极行动可能会被别人的一百个消极行动破坏，所以它可能毫无意义。但是，我还是必须遵循那条原则。你可以称之为乐观主义。"

我们再次谈到快乐对他的意义。老人更快乐吗？他的部分过往在经历时是痛苦和压抑的，他 90 多岁时的欢乐记忆在 20 多岁或者 30 多岁时可能会显得疯狂。相处一年后，我更清楚地意识到，他的快乐不是尽管高龄却快乐，而是因为高龄所以快乐，因为现在他可以检视自己近乎处于完整状态的生活，玩味生活给予过他的东西，而不是他未来可能得到的东西。对乔纳斯来说，活得越久，就意味着他做了更多正确的事，看了更多电影，读了更多书，举杯庆贺了更多友谊，做了更多思考，他可以把更多经验运用于现在遇到的任何新情况。他说，老人当然更快乐。“快乐就是看到你做的一切都是有用的。工作干得漂亮，我的孩子们在成长，而且生活很美满。无论我做过什么以及正在做什么，没有什么是我应该感到不快乐的。我觉得我正在做的和做过的都是对的，我对此感到非常满意。我没有强求，我始终有一只耳朵听着天使的话，我很快乐。”

我还记得那年早些时候，曾与他共度的一个下午，我们在经典电影资料馆附近的一家俄罗斯咖啡馆吃鲭鱼和煮土豆。这个地方叫“反正咖啡馆”。乔纳斯开玩笑说，反正他挺好的。他说：“我的医生昨天看了我的年度体检报告后跟我说，我属于能活到120岁的人。我说，真的吗？他说，以现在的技术，还有所有即将发明出来的东西，我会是这些人当中的一个，还会有其他人。我说，谢谢。我就是这么说的，但这很正常。大家问我，你有什么秘诀，没有秘诀。那些在我的年龄达不到我这个状态的人，他们过的一定是不正常的生活。他们吃得太多，喝得太多，做什么都做得太多。我做的都是必要的、正常的事，我是正常人。但我认识的其他所有人都不正常。”

午后的一束阳光洒进这个洞穴般的餐馆，把乔纳斯映衬得像一幅荷兰油画，活到120岁对他来说似乎是非常稀松平常的事。他在那一年结束时跟开始时没什么两样，有几本书他打算读完，数十年前他因为质量不佳而放弃的成箱的老电影胶片，现在他正准备剪辑成一两部电影。他说 :“随着时光流逝，其中有些胶片已经非常稀有，就像你发现的 19 世纪的老照片一样——它是不是值得收藏的艺术品并不重要。它就像美术馆里 2 世纪或者 4 世纪的艺术品一样 : 因为它留下来了，所以我们就把它放在了那里。”

时间既是有限的，又是令人惊喜的

我很高兴地说，这六位老人都活过了那一年，虽然我母亲在年底前心脏病轻微发作，但她也顺利闯过了那一关。随着 1 月临近，我开始感受到分离焦虑，因为我们相处的一年逐渐临近尾声。他们带我渡过了艰难时期，又引领我度过了此后的幸福阶段。那一年他们都有些变化 : 约翰脆弱得让人心痛，黄萍出现了更频繁的失忆。弗雷德似乎不太可能有很多机会穿上那件紫色西装了，他还是没有去教堂，但是，他喜欢想象自己身穿紫色西装的神气劲儿。更让他高兴的是，一个近乎陌生的人帮他把梦想变成了现实——又多了心存感激的理由。他还是想活到 110 岁。

他们所有人都是这样 : 他们的欢乐和痛苦在年底和年初时相比别无二致，只不过延长了他们的叙事。现在一年即将结束，每个人都认为那一年的生活是有价值的，这种价值并不会因为他们没有跑马拉松或者乘飞机跳伞而打折扣。鲁思看到自己的孙辈距离长大成人又近了一年；海伦又与豪伊共度了一年；约翰又与法尔岛的朋友们欢度了一个感恩节；弗雷德交上了新朋友，觉得自己看起来很时髦；黄萍为自己的丰富资源和好运气而庆幸，在几乎没什么钱的情况下仍过着精神富足的生活；乔纳斯则做到了所有这一切。每个人都享受与亲人在一起的时光，所有人都抱怨吃得不好——如果说纽约有什么特权的话，这就是了。

就老人们那一年里遭受的打击而言，获得的补偿可能微不足道。在关于选择 75 岁之后不再延长生命的文章中，伊齐基尔·埃曼纽尔尤其害怕“我们的雄心和期望受到束缚”，乃至“一度充实的生活沦为以坐在书房里看书、听有声书以及做填字游戏为中心”。虽然我们只能指望小小的愉悦，但并不意味着这些愉悦值得追求，尤其是当早晨起床都非常痛苦的时候。

但是，借用拉尔斯·托恩斯坦“超越老龄”的概念，如果换个角度，可以把它们视作高度成熟的思维的产物。我们需要 70 年、80 年，又或者 90 年才能理解太阳再次升起或者坏脾气的孙辈前来探望的价值——去领略生活是多么令人惊喜，真的令人惊喜。它们显得微不足道，只不过是因为我们活得不够久，所以看不到它们的价值，或者没有经历过足够多的失去，所以不知道大多数失去是可以放下的。简单的礼物可能像奢华的礼物一样让人高兴，每天在荧光灯照明的社区房间里打麻将，就和在蒙特卡洛玩大赌注的百家乐一样令人满足。詹姆斯·乔伊斯的《尤利西斯》讲述了一座乏味小城里的一天，《战争与和平》跨越了一个时代，描写澎湃激情和壮观场面，但没有人能说这一部比另一部更丰富，它们只不过是通过不同方式看待世界。无论这镜片是望远镜还是显微镜，奇迹始终在持有者的眼中。

弗雷德·琼斯感谢又一天到来是对的吗？抑或他只是个自欺欺人的老人，遭受了太多打击，所以已经自暴自弃？我母亲和约翰·索伦森想从生活中解脱是对的吗？抑或他们只是太不知足，所以不懂得珍惜他们享有的优越条件？我探望约翰的时候通常会提醒他，他的看护斯科特明天就来了，或者是马库斯或亚历克斯，抑或是他的侄女安妮，他不想为此好好活着吗？他当然想——他只是不想在那之后再活好多年。直到后来病得很厉害了，他的回答都保持不变。乔伊斯笔下的一天是可知数量，是恩赐；托尔斯泰笔下的时代是伟大的黑暗未知。只要时间有限度，哪怕约翰热切地希望死去，也会为美妙的音乐或者好友的奇迹而高兴。死去与这些奇迹并不对立，而是与它们密不可分。我们的任何欢乐都不是永久的。

老人们给我的礼物很简单：提醒我时间既是有限的，又是令人惊喜的。每天都像《尤利西斯》一样既重要又平常。每个转弯既有可能带来充满惊喜的满足感，也有可能把你送进急诊室。挑战就是弄清如何活在通往弯道的路上。我们总是根据一天做了些什么来衡量这一天过得怎么样——治疗癌症，或者在毛伊岛冲浪，或者跟孩子的数学老师见面，却忽视了真正不可思议的事，也就是新一天的降临。我们过得开心也罢，不开心也罢，时间并不在乎，但如果你错过了，它再也不会回来。

这七位老人（包括我母亲）是不完美的老师，我则是不完美的学生，但我有时候会理解其中的智慧。在和他们相处的日子里，我睡得安稳，愿意帮助陌生人；给老朋友打电话，或者告诉我的伴侣，我爱她；我会开心而不是百般纠结地写作；食物也吃起来更美味。感恩之心、目标、友谊、爱、家庭、满足感、艺术、愉悦——所有这一切都触手可及，我只需接受即可。在那样的日子里，我比较和蔼，比较耐心，比较高产，比较不焦虑，可能更接近于我一直以来本该成为的那种人。也许连我的天使都在帮忙。我之前的任何痛苦或恐惧现在都还在，但它们只是我的电影配乐中的辅助乐器，而不是音乐本身。红酒有帮助，给我来一杯金酒！

与最老的老人们相处一年的经验

乔纳斯在关于他背井离乡岁月的回忆录《我无处可去》中讲到，他和其他 1341 个流离失所的人站在“豪兹将军”号的甲板上，看着纽约市的灯光逐渐映入眼帘。西边是帕利塞兹的悬崖和帕利塞兹游乐园耀眼的霓虹灯，后面是乔治·华盛顿大桥闪闪发光的吊索。那是1949年10月29日晚上10点左右，距离德国在“二战”中投降已经过去了4年半，甲板上的人们处于无国籍状态的时间比那还要长，有些人很可能再也无法找到家的感觉。在海上度过12天之后，他们又湿又冷，出现了晕船，完全听凭海浪摆布，而此刻新世界就在他们面前。乔纳斯在谈到那次旅程时写道：“一种动物性的恐惧支配了我。”纽约对他们来说是全然未知的，未来对有些人来说蕴含着痛苦和莫名的孤独，对许多人来说无所谓，对少数人来说则预示着成就（无论定义是怎样的）。有些人会心碎，再也无法修复。其中一个会成为乔纳斯·梅卡斯。他在那次旅途中学到的诸多东西当中包括：你永远无法真正抵达，总是流离失所，朝不保夕，既渴望你已经离开的过去，又渴望你认为正在等待你的未来，而两者都是幻象。他在1955年创作的一篇没有标注日期的文章中写道：“我们来到这里是在延续早期定居者的古老传统：不是为了过上更好的生活，而是因为作为流亡者和被放逐者，这是我们逃离必死命运的唯一去处。”

“不，我们来到西方不是为了过更好的生活！我们来这里也不是为了寻求冒险。我们选择西方，选择美国，完全是出于生存的本能，一种残酷的肉体生存的本能。”

这在我看来是一种看待年老或任何年龄的方式：视之为未知和无可选择的风景，充满不确定性，好于其他选择。我们都在那艘寒冷的运输船上，有时颤抖和晕船，离开了曾经给我们安慰的家庭，因为损失而使命运发生了改变，对即将到来的一切感到焦虑。明亮的灯光在我们的前方闪烁，我们可能会成长，也可能会衰弱。我们如同难民一样，有理由感到害怕：前方潜伏的困难像陆地本身一样庞大。但是，我们将携带所有当初让我们得以登船的资源而来，伤痕累累，但充满韧劲。

过了一段时间，这也不够了。我们髋骨骨折，心脏衰竭，记忆模糊，伴侣先于我们离去。你现在必须与那个未来达成交易，一边前行，一边重新谈判。这样的生活有价值吗？能持续多久？与此同时，你面前这一分钟、一天或者一个月呢？它有价值吗？你能继续舞蹈、继续歌唱、畅饮美酒、不要太认真吗？你能和朋友打麻将、如痴如醉地倾听桑德拉·拉德万诺夫斯基或者乔纳斯·考夫曼的歌声、吃点你本不该吃的冰激凌吗？是啊，那种生活最终当然会要你的命。但是，时候到了，你自然要走的。我与这些最老的老人们相处一年得到的经验是，在那之前的岁月不是你想象的样子。

当然，我可能完全搞错了，如果是这样的话，我在那些年里更快乐地生活就白费了。这个我可以接受。

后　记

我们都不会永远活着

我平静地接受了约翰和弗雷德的死讯，约翰一直想走，而弗雷德曾那么顽强地期待着再活 20 年。我喜欢他们俩，而且想念他们，但我不希望任何人得到永生。当一个朋友出现严重的健康危机时，我不会再像过去那样，为接下来可能发生的事感到绝望，但我仍然为他治疗中的每个积极迹象感到欢欣鼓舞。

大多数跟我同龄的人现在都已经死了，你可以查查看。

——凯西·施滕格尔（72岁）

认识本书中的六个人之前，如果说我曾经想过自己的晚年，我想象它跟我现在的生活差不多，只不过所有好东西都被剥夺了——视力、行动能力、性、独立性、目标、尊严。我想象取而代之的是没完没了的背痛和味道古怪的家。也许我会一文不名，或者患上老年失智症。2008年，我参与了俄亥俄州哥伦布市的一个名叫“极度衰老”的模拟活动，该活动的目的是帮助医疗工作者了解变老是什么感觉。我们戴上扭曲视力的眼镜和乳胶手套，在关节周围缠上胶带以削弱我们良好的行动能力，在耳朵和鼻孔里塞上棉花，在鞋里放进玉米粒，以模仿丧失脂肪组织带来的疼痛。该小组的领导者告诉我们：“说实话，你们的样子可真好看。”然后，她布置我们完成一些简单的任务。比如，在超市的长队里数钱，试着系衬衫纽扣或者使用手机。这种老年的体验让我感到害怕和沮丧，至今还经常会想起。

新的一年，也就是 2016 年，给老人们带来了新一轮挑战。2015 年结束时，弗雷德 · 琼斯截掉两个脚趾之后已经差不多可以回家了，1 月和 2 月的寒冷和短暂白昼都阻挡了他外出。他女儿的乳腺癌到了晚期，他在家的生活也越来越不安全。有一天，在他的公寓里，他把外卖送来的晚饭放在炉子上加热，然后就去躺下休息。他说："谢天谢地，烟雾报警器响了，真是谢天谢地。"那不是他第一次发生类似事故。

2016 年 3 月，在 89 岁生日的前几个星期，他梦见自己在一幢没有屋顶的楼房里，有东西从上面掉落到他身上——他有一次说是吊灯，还有一次说是蜜瓜和其他水果。这个梦吓到了他，他从床上摔下来，爬不起来了。他第一次给我讲起这个梦的时候，似乎被天上有东西掉落到他身上的场景吓坏了，但后来他说，他觉得那代表着上帝将要给他的祝福。

弗雷德就是这样。不到一个月后，他女儿去世了，在女儿还没有下葬的时候，弗雷德死于心脏病发作。他的外孙女丹妮尔·琼斯说："社工说他是心碎而死，没错。"给弗雷德买紫色西装并在他的最后一年与他交上朋友的吉姆 · 希利说："我想他是因为不热身就爬三层楼而死的。"这也没错。他是六位老人当中最年轻的，也是最先离去的。我和弗雷德始终没能按计划去一次"红龙虾”餐馆。但是，如果有来世，我们应该会再见面，我会请他吃龙虾的。我知道，我们见面的时候，他会微笑，我也会回以微笑。

我最后一次到约翰·索伦森的公寓探望他是在2016年3月。安妮告诉我，他在新的一年里摔倒了几次，但约翰不记得自己摔倒过。他显得很衰弱，但一如既往地喜欢聊天，他比过去更加健忘了。在我们的交谈中，他问了我四次看没看过《七对佳偶》——他每次都说，这个片子真好看。

他说："虽然我老了，但我觉得我过得很好，我很高兴能活着。我弄不好电视机，但有沃尔特在呢。"我吃了一惊。

他讲了关于他母亲放弃在纽约州北部的房子、搬到加利福尼亚州去的故事，她有些亲戚住在那边。她那时候已经老了，那幢房子在独立战争时期是个酒馆，她已经没有精力打理了。

约翰说："我只能告诉你，上飞机的女人和下飞机的女人判若两人，你都想不到那是她。我母亲当天就去世了，留下来的不是我母亲，她的所有个性都消失了。我有同样的感觉，我离不开这幢房子，因为有沃尔特在。不，他不在了，我不相信来世，可是有那么多东西让我想起他。"

安妮以前经常说，让沃尔特搬出这套公寓会要他的命，随着他越来越衰弱，她说服他，让她申请全职看护，而这是他过去不同意的。她的任务是要赶在为时过晚之前获得医疗补助计划的批准。他说："我今天感觉不太好，但也不算是真正不好。我觉得自己没有用，我觉得自己是该扔掉的垃圾。即便我想做事，也什么都做不了。我猜我还能出去，但我不想去，阳光会伤到我。我没有事情可做，我什么都做不了。"

2016年5月，安妮说约翰在公寓里昏倒了，可能在地板上躺了两天才有邻居听到他呼救。从我认识他的那天起，他就说他想死，现在他似乎启程了。他的最后几个星期先是在医院，然后是康复中心，整天都有朋友、看护和曾经在家帮助过他的志愿者前来探望。有人给他唱了他最喜欢的咏叹调，还有人用手机放音乐。即便在他拒绝进食并打算缓慢将自己饿死的情况下，他还是一再感谢护士们的所有仁善之举。他恭维一位护士的长睫毛，告诉她："我是好不了了。可你真漂亮。"

在最后的日子里，约翰重温了他在州北部的童年和与沃尔特在法尔岛的快乐记忆。当看护说自己第二天再来时，约翰对他说："我已经在盼望了。"他做好了充分准备，于2016年6月26日去世。安妮打算把他和沃尔特的骨灰一起撒在法尔岛，但由于时间安排上的冲突，只能再等一年。

我2017年夏天写这本书的时候，其他四位老人和我母亲还健在，每一位都随着日子一天天过去而超出了他们的预期寿命。

海伦·摩西和她挚爱的大都会棒球队一样，度过了大起大落的一年。

2016 年秋天，海伦向养老院的工作人员和女儿抱怨胃疼。随即在两天后，她开始吐血。她说："我从那会儿开始害怕了。我看到血那么红，就知道有麻烦了。"

她在纽约长老会医院的重症监护病房待了将近两星期，因胃部出血性溃疡和溃疡顶部可能有血块接受治疗。

她说："我以为这次撑不过去了。我说'到头了'。我哭了一阵子。但我平常也会哭，所以他们没太当回事。"她补充说："我不害怕，我不怕死。"

她回家的时候身体虚弱，体重轻了 9 公斤，又回到了与豪伊和女儿佐伊的三角关系中。两人都在她经历危机的期间遭受了痛苦。

她不在的时候，豪伊形单影只，几乎不吃东西，也没法去医院探望她。每天去重症监护病房探望的佐伊因为看到母亲如此脆弱而遭受了极大的情感打击。她说，她甚至开始缓和了对豪伊的态度。12 月，在母亲的房间里，她因为回忆起这些事情而眼泪汪汪。

佐伊说："我不知道没有她我该怎么办，她是我的守护天使。这让我很受打击，我接受不了变化。"

海伦说：“我不会永远活着的。”

“妈，您要把我惹哭了。不，您会的。”

海伦说：“反正我也不想一直活着。”

佐伊说：“别惹我哭。您当然会的，要是没有您，我该怎么办？”

海伦手术后康复了，又开始高声说笑。她说，92 岁“跟 91 岁一样，明年我们可能会结婚”。她无所畏惧，但她等到女儿出了房间才提到结婚的事。在我写这本书的时候，大都会棒球队也遇到了自己的麻烦。

在社会服务系统中拿到金奖券的黄萍似乎好运到了头。2016 年夏秋，她接连不太严重地摔倒了几次，住进医院，然后在一家养老院做康复。

黄萍的公寓是个避风港，可以让她安全而舒适地生活，有规律地锻炼身体，还通过每天打麻将得到定期的脑力锻炼。她有自己喜欢的食物和每天见面的朋友。像她这样的生活方式往往会掩盖认知衰退的进程。离开了这个避风港，她的失智症要么会加重，要么会更明显，她女儿决定，不能再让她一个人生活了，那太不安全了。

黄萍 2016 年年底，她的第一站是曼哈顿上东区的一家养老院。那里几乎没有住户讲粤语，也没人打麻将。这样一来，凭借社交互动保持活力的黄萍只剩下孤身一人，甚至没有花花草草可以让她忙碌起来。我探望她的时候，她表现出了一反常态的消极情绪和逆来顺受，她并不很确定自己身在何处。她原来那幢楼里的朋友没法克服语言和交通障碍来探望她。黄萍在谈到自己的新环境时说："当你老了，一切都在变变变，变化太多了，对老人来说太困难了。"

12 月，女儿把她迁到了新泽西州南部一个离自己比较近的养老院，其中一侧有 34 位华人住户。待了一星期后，我发现她在离开公寓之后第一次打起了麻将。这跟从前不完全一样——四个人讲不同的方言，而且新泽西州这几个人的打法也跟她习惯的打法略有不同——但她的感觉比之前机敏，反应也快了，足以专注于牌局和之后的谈话。她说，她注意到了自己的失忆，但没有为此感到特别苦恼。她说："我从浴室出来去卧室，就忘记自己要干吗了，所以我只好再回去，但不经常这样。"

我问，她是否还能让自己快乐。

她认真思考了这个问题，说："现在很难讲，我还没有交上知心朋友，我越来越老，换地方也不太好，我得适应新环境，这可不容易。"

5 个月后，在她过 92 岁生日的时候，她的状况好坏参半。刚住进那家养老院的时候，她摔了一跤，工作人员觉得让她独立行走不安全，所以她现在只能坐轮椅，她的人工髋关节周围的肌肉出现了疼痛的痉挛，失智症也在恶化。有一天，她要女儿赶在日本兵杀了她之前把她带离养老院，这是闪回到了“二战”期间中国香港被占领的时期。

庆祝生日时，这些衰退都不明显。她和一些亲戚分食在唐人街制作的颜色鲜艳的生日蛋糕，表示自己现在对这里的生活感到满意。她没法打理自己的花花草草——她说：“我太忙了。”但她身边至少有其他讲粤语的人。她说希望自己能活到 100 岁，接着似乎又重新想了想。“我的医生有一次给我检查身体之后说，我的心脏特别强壮。他说‘你会活得更久’。我说,我不想活得更久。要想活得更久，得很努力才行。”

鲁思·维利希又传授给我一条特别的经验。2016 年秋天，鲁思的女儿朱迪告诉我，自从我上次探望之后，鲁思的状态明显恶化。但是，当我探望鲁思时，她似乎还像从前一样机敏而自立。她的手比过去抖得厉害，但她期待着第一个曾孙的降生，打算给宝宝织一条毯子。她说：“朱迪总是夸张。她为我担心得太多了，她真的是这样。我得说，有点没必要。我真的挺好。我有点不顺，但我也有很顺的时候。”在那前后，我去探望我母亲时，她的一个朋友对她的描述让我感到无比陌生——无忧无虑，性格外向，总是精神饱满。那个朋友温和地责备我低估了自己的母亲，还说我和其他来探望的亲戚一样，没有意识到老人生活得多么充实。海伦的女儿佐伊也打过一个电话，同样讲述了海伦因为溃疡而生命垂危，却没有提到她在那之后康复得多么好。

那么，该怎样理解这三位老妇人对自身生活的看法与子女对他们生活的看法之间的差异呢？老人们的生活比我们看到的更充实，更有价值。我们专注于每天的变化，而这种变化十有八九是越变越差，他们的生活则更多的是在延续。年老始终是我们中年人认为自己无所不知的话题。这三位老人告诉我们，我们并非无所不知：如果贴近观察就会发现，她们的生活与我们所看到的不同。我意识到，即便在我与老人们相处一年后，我仍然带着对老年人的偏见看待我母亲的生活。她真正的生活其实是另外的面貌。

鲁思在我们见面时说："我在努力思考，关于这一年，我能告诉你什么。我是不是觉得又老了一岁？我 93 岁了，我告诉大家我 93 岁了。我有点为自己感到自豪，因为我还是独立的。"她站起身时会感到疼痛，但还是走到房间对面去拿了一盘巧克力。她一边重新坐下一边说："吃点吧。我不喜欢从椅子上站起来。"

她说："有一阵子，我满 90 岁的时候，我很激动。我想，好了，该走了。现在我不知道了，我不像很多人那样想努力活到 100 岁。多出来的寿命对我来说都是额外奖励。”

在三位老先生当中，乔纳斯·梅卡斯在接下来的一年里依旧无忧无虑，目标明确。从我们相识的时候起，他就专注于组织一次维持经典电影资料馆正常运转的公益艺术拍卖。由于许多老电影现在可以在网上观看，所以很难让大家走进电影院。乔纳斯的计划是在电影院里开一家咖啡馆，用于支付资料馆其他活动的费用。他只需要 600 万美元。他 2015 年年初说，组织拍卖可能需要一年时间。

2017 年 3 月 2 日，包括约翰·沃特斯、格蕾塔·格威格、史蒂夫·布谢米、吉姆·贾木许和佐西娅·马梅特在内的一批人都出现了，竞拍理查德·塞拉、辛迪·舍曼、马修·巴尼、查克·克洛斯、克里斯托、艾未未以及乔纳斯的其他支持者的作品。设计师扎克·珀森购买了劳丽·安德森尚未创作出来的一首歌。劳丽·安德森后来说：“我不知道他想让我写什么。”帕蒂·史密斯与 R.E.M. 的迈克尔·斯蒂普合唱，把她最流行金曲的最后一句歌词改为“因为今晚属于乔纳斯”，赢得了热烈掌声。这次拍卖筹集了 200 多万美元，还有 200 万美元的等额捐款承诺。

乔纳斯继续勤快地工作，组织材料用于出书和办展览。总统大选后，他没有像他认识的许多人那样垂头丧气。他经历过斯大林入侵立陶宛以及希特勒的奴役营，他说，即使是特朗普执政，他也能活得下去，“我认为我是乐观的，因为我用比较长远的眼光看问题。所以，没关系，当我所有的朋友都因为特朗普当选总统而惶恐不安的时候，我认为这是进两步，退一步，事情一直就是这样的——所有智者，就我们所知，从孔子开始，都认为人类就是这样的。退一步可能让人很难接受，但这是正常的，还会往前走，人类的进步绝对无法阻止。”

2017 年 4 月，在乔纳斯计划前往雅典展览他在难民营期间的照片时，他接受了英国杂志《我们的文化杂志》的电子邮件采访。采访者问：“对于有志成为（一个）电影人的人，您会给点什么建议呢？”他的回答具有典型的乔纳斯特色：“去找架摄影机！”

我的朋友罗伯特·莫斯已经 80 多岁，还在东海岸各地执导话剧。他曾给我讲起一次去看心脏病医生的经历。那医生是个幽默滑稽的人，极其擅长讲冷笑话。医生在检查后告诉他：“我有个坏消息，你会活到 100 岁。”罗伯特很困惑，他问：“这是坏消息吗？”医生严厉地看着他说：“这是好消息吗？”人人都是喜剧演员。

罗伯特1971年在时报广场的一个基督教男青年会创办了一个成功的剧社，多年后有人问他，他是怎样取得这些辉煌成就的，他说："我从来没有想过如果下雨怎么办。"在我与老人们相处的日子里，我发现自己经常回想起这句话。它的意思并不是罗伯特遇到的困难比别人少——鉴于他没带伞，他很可能比别人淋的雨更多。但是，他没有因为担心尚未发生的事情而裹足不前，他笃定地知道自己哪怕在不利情况下也能取得非凡成就。

即便在狂风暴雨中，你也能有圆满而充实的生活，这些老人都是活生生的证据。所以，何必为预报中的阴云担心呢？过你的生活，显显身手，碰碰运气，在取得成功的同时，也要感谢失败——它们是同一枚硬币的两面。如果我们活得更久，也许我们有义务活得更好：更睿智，更有感恩之心和宽恕之心，少一点报复心和贪心。所有这些都会使每个人的生活更美好，对努力践行的人来说尤其如此。我甚至还要加上一句，即便当我们为此而努力但以失败告终时，也是如此。正如杰克·凯鲁亚克的《在路上》中的人物迪安·莫里亚蒂所说的那样："你要知道，麻烦是对上帝栖身其中的事物的统称，关键是不要陷进去。"

总统大选的种种丑态考验了我对本书中的经验领会得如何。无论你持有什么样的政治观点，竞选期间和之后越演越烈的赤裸裸的仇恨都让我们有理由感到担心。我真能为陷入这个烂摊子而道谢吗？选举日的次日早晨醒来时，我真的依然快乐吗？我这一生中有太多时间不仅把杯子看作是半空的，而且看作是喝一杯的蹩脚理由。我还不能说自己现在已经摆脱了这些消沉和愤怒。

但是，我学到了一些东西。我平静地接受了约翰·索伦森和弗雷德的死讯，约翰一直想走，而弗雷德曾那么顽强地期待着再活 20 年。我喜欢他们俩，而且想念他们，但我不希望任何人得到永生。当一个朋友出现严重的健康危机时，我不会再像过去那样，为接下来可能发生的事情感到绝望，但我仍然为他治疗中的每个积极迹象感到欢欣鼓舞。这不是主张自我感觉良好，你还是要尽你所能去战斗，治疗癌症、听医生的话、表明立场、寻求正义。但是，你不可能永远胜利，快乐意味着即便在失去的时候，也要看到好的一面。

选举后，我盘点让我的生命具有价值的东西，然后发现无论你多么厌恶有线电视新闻里的人的喧嚣，这些东西都会存在下去。政治当然重要，金钱和健康也很重要，但是，它们不是圆满人生的必要组成部分，在你旅程中的某个时刻，它们可能会让你失望。生活中的好东西（快乐、目标、满足感、伴侣、美，还有爱）始终都在，我们不需要去争取。美食、朋友、艺术、温暖、价值——这些都是我们已经拥有的东西。我们只需选择它们充满我们的生活。

这是最简单的经验，也是我还在努力追求的目标。有时候，简单的事情做起来并不简单。多年来，我以为生活的意义蕴藏在斗争中，误以为放松是一种逃避。现在，我不那么确定了，我经常希望重回那些年。但是，正如乔纳斯所说的那样，如果你想成为电影人，那就去找架摄影机！感叹号是他加的，但是，它背后的自信和天赋，属于我们所有人。

2017 年 6 月，于纽约市

鸣谢

鉴于本书有一部分内容讲的是感激之情的价值，我把这一页作为大结局，而不是强制性的附加资料。燃放焰火吧，抛撒五彩纸屑吧，酒吧开门了！

我要向六位老人和他们的家人致以最诚挚的感谢，感谢他们向我敞开他们的生活，总是以宽容和率直的态度迎接我，即便在他们可能不太想这样做的时候也是如此。特别要感谢朱迪·维利希、佐伊·古索夫、安妮·科恩布鲁姆、塞巴斯蒂安·梅卡斯和伊莱恩·金与我分享他们深爱的人以及老人的智慧。

当然，对于我母亲，我的感激之情无法估量，而且这还不够。我还是不要开这个头了吧。

《纽约时报》的七位编辑使这个项目得以实施。埃米·维尔舒普与我花了一年多时间，反复研究报道这些最老的老人们的各种最佳手法，然后才想到了最简单的一种：挑选一些人，看看他们是怎样生活的，让他们的生活来说话。报纸连载通常需要比这更明确的重点，我感谢艾米给我时间和自由空间去探寻如此缺乏确定目标的东西。谁会想到这六个人如此有趣？艾米想到了，就是她。埃米、简·本策尔和比尔·弗格森编辑了这些文章，并且帮助我总结书中的经验，《纽约时报》的都市版编辑温德尔·贾米森给了我祝福和坚定的支持。王牌摄影师妮科尔·本吉韦诺自始至终都是我的搭档，像我一样对我们报道对象的生活充满好奇。

萨拉·克赖奇顿早在成为本书的大师级编辑之前就帮助打造了这本书。我要感谢她自 1991 年《新闻周刊》雇用我以来给予我的信任和友谊，我欠她的越来越多，也越来越让我感到快乐。我的代理人保罗·布雷斯尼克推动本书从一个不切实际的幻想变成了一本完整的书稿。

约翰·卡普亚、德鲁·凯勒和卡伦·布朗宁都为这部手稿提供了宝贵帮助，感谢他们。